タピオカ
ミルクティーで
死にかけた
土曜日の午後

40代女子　叫んでもいいですか

辛酸なめ子　Nameko Shinsan

PHP

プロローグ

「理由があったら教えてください！」

タピオカを誤嚥《ごえん》、いきなり痛いツボを押され、仲間の集まりに自分だけ呼ばれていなかった……叫びたいトラブルは日常茶飯。

叫びたい気持ちはあるけれど、なかなか叫べないのが現実です。最近大きな声を出したのはいつのことだったか思い出せません。そもそもどのような声で叫んだら良いのでしょう。

先日、マイクロブタがいるカフェで、かわいさのあまり「キャーッ」という歓声が上がっていました。マイクロブタに膝に乗られ、私も心の中ではかわいさに叫んでいたのですが「あぁ……」というかすれ声しか出ませんでした。

また、先日は、取材で乗った外車で、運転していた人がアクセルを踏んで、加速に恐怖を覚え、本当に叫びたかったのに、口から出たのは「あの、ちょっと加速が怖いんで……」という言葉でした。楽しい体験だけでなく、怖い体験をしたときに叫ぶことができれば、相手をひるませたり、危機を抜けられるように思います。

知人は、道ですれ違い様に知らない男性に肩をつかまれたそうですが、恐怖のあまり硬直して叫べなかったそうでした。その後、防犯講座に行ったとき、「キャーッ」と叫べない人は、うなると良いと教えられたそうです。「う〜」や「お〜」だと大きな声が出やすいとか。

たしかに私も金縛りに遭ったり、何か霊的な気配を感じたときは「うぅ〜」とうなり声を発することしかできません。その自分の不気味な声に萎《な》えるのですが……。

たぶんジェットコースターとかで「キャーッ」と叫んでいる人は、まだ余裕があるというか、本当の恐怖に直面していないのでしょう。

叫び声を飲み込んだ、心の中で叫んだ体験なら、ここ最近もたくさんあります。ライトなものでは、タピオカの誤嚥です。最近ブームのタピオカミルクティー。つい世の風潮に踊らされて、週何回か、見かけると飲んでいました。ある土曜の昼下がり、タピオカミルクティーを飲みながら颯爽《さっそう》と歩いていたら、喉《のど》に異変が。

タピオカミルクティーを飲んでいたら
タピオカが気管に詰まりかけました
スポッ
うっ
ゲホゲホ
ブームについていくのは大変です
でも、最後の1粒まで吸引すると
肺活量が鍛えられる感が
あと3粒!
ズッ
もはやリハビリです…
叫びたいときに叫べる体に
なるかもしれません

苦しい……タピオカをバキュームしたとき、まちがって気管に入ってしまったようです。なんとか喉を振り絞って、タピオカを吐き出しました。タピオカブームは、もしかしたら年齢的に上限があるのかもしれないと、涙目でむせながら思いました。最近飲み込む力が弱まっていたようです。その後、切ない心の叫びをツイッターに吐き出しました。

同じような経験をした人がいないか、ときどき「タピオカ　危険」で検索しているのですが、気管に詰まりかけた人はあまりいないようです。危険を検索すると実は高カロリーだとか、中国では古タイヤで作った偽装タピオカも存在しているらしい、といった話題が出てきました。最近は、毎日タピオカミルクティーを飲んでいた中国の女子が腹痛を訴え、CTで撮影したら胃腸に未消化のタピオカの粒が大量に見えた、というニュースに戦慄《せんりつ》を覚えました。飲みたいけれど覚悟がいるドリンクです。

最近はタピオカドリンクのお店で、タピオカ抜きでオーダーしたら「タピオカなしで大丈夫ですか?」と店員さんに確認されてしまいました。並んでいる人々の年齢層を見ると、彼女たちは誤嚥とは無縁そうでした。もし店内でむせている年長者の客がいても、優しく見守ってほしいです。

飲み会に誘われていないことが判明

健康面に不安がある中、先日はちょっとした痛みに悶《もだ》える経験がありました。何年か前に仕事をしていた方々の集まりに出かけたときのこと。私としては楽しく親睦会に出ている気持ちだったのですが、周りからは暗い雰囲気に見えたようです。突然、ある方の主治医という男性が近付いてきて、私の腕をギュッとつかみ、何らかのツボを激しく押しました。「痛いです……」。その男性は、「さっきから見ていて鉄仮面のような表情だったから心配していたんです！　ビスマルクかと思った」とおっしゃいました。世界史に詳しくないので、よくわかりませんが……たしかに頭と首肩は常に鉄のように硬くて重いです。

「肩こりから慢性疲労、そしてうつになりそうなのが心配です」と、その男性は、腕にあるツボを強くプッシュ。かなりの痛みですが、気のせいか体が軽くなったようです。その後、他の人にもその先生にツボを押してもらうように勧め、痛みに叫ぶ様子を眺めて共感に浸っていました。しかしその宴《うたげ》で衝撃の事実が判明。その昔の仕事仲間は、たまに集まって飲み会をしているそうですが、私は誘われていませんでした。そして、彼らの間で「辛酸さんはひとりぼっちらしい」「辛酸さんのことを誰も誘っていないらしい」と噂になっていたそうです。**何、その淋しい噂……**と軽くショックでした。

なぜいつも誘われないのか、理由があったら教えてください！　というのが心の叫びです。今度ホームパーティをするから、と友人に言われて、誘われるのかと楽しみに待っていたら、しばらくして友人のＳＮＳで「今日ホームパーティをしました」と、すでに行なわれていたことを知り、涙で枕を濡らしたことは何度あったか数知れません。自分に何か人を遠ざける要因があるのなら直したいです。

笑顔が足りないとか、無表情だとかは何度も言われてきました。でも、無になるしかないシチュエーションもあります。ちょっと前に、地方の仕事の前日の夜、宴会に参加しました。そこで初対面のおじさんに急に言われました。

「昨日、『あさイチ』に出てたのを見たよ」「いや、出たことないんですが……」。しかしその男性は譲りませんでした。「肌荒れのコーナーに出ていたのを見たから」「えっ肌荒れ……」。女心としても複雑ですが、気になったので「あさイチ」の最近の番組内容について調べたのですが該当するコーナーは出てこず……。たぶんおじさんの「脳内あさイチ」だったのだと思われます。「人違いですよ」と言っても「絶対見た」と譲らないおじさん。宴会は出たら出たで、心の中で叫びたくなることがあります。

都会中の都会、皇居周辺で遭難しかけて

そしてこの前、リアルに叫びたくなったのは、都内でのプチ遭難事件です。車に乗りながら都内各所で撮影していて、皇居の周辺で撮影しようということで、運転していた編集者さんに言われて、カメラマンの方といったん車から降りました。

渋滞気味だったので、車が停まっているときに一瞬撮影するはずが、車は動きだし、もちろん路駐ができない場所なのでそのまま走り去ってしまいました。そのと

き、私もカメラマンさんも携帯は車に置いたまま。私はバッグも財布もなく身一つの状態でした。

携帯と財布と鍵がないと、都会でも遭難できるということを知りました。

誰か助けてください、と心で叫び、偶然知っている人が通りがかって携帯を借りることができないか、淡い期待を胸に道ゆく人を見つめました。もちろん誰も知り合いは見つかりませんでした。

車を探して歩き回ったり、向こうも皇居周辺でなかなか車を停められなかったりでお互い見つけられず、着の身着のままでさまよいました。このまま警察にお金を借りて家に帰ったとしても鍵がないので入れません。この皇居周辺の公園にしばらく住むことになるかもしれない、とまで覚悟しました。

女が身一つでゼロからスタートするには、何ができるのか……自分にはすぐお金になるスキルがないことにも気付かされました。でも、そもそも人間はこうやって何も持たずに生まれてきて、大人になっていらないものも含めて多くを所有するようになったのです。ゼロだったところからなんとかやって来られた自分をねぎらいたい思いと、無になってリセットしたようなすっきりした感覚もありました。

そんな思いを逡巡《しゅんじゅん》させながら1時間以上、東京の真ん中で遭難していましたが、ついに戻って来た編集者さんの車に見つけてもらい、なんとか日常に戻ることができました。叫びたい気持ちから解放され、安堵が広がりました。

このように、毎週のように叫びたいトラブルに遭遇しますが、乗り越えていくことで心身が鍛えられているようです。ちょっとしたことでは動じなくなり、何が起こっても叫ばなくなる境地を目指したいです。叫びは、実際の叫びも心の叫びもエネルギーを消耗しますので、体力温存、そして健康第一でいきたいです。

本書は、月刊「ＰＨＰスペシャル」二〇一八年一月号から二〇一九年八月号に
連載された「叫びたい気持ち」に書きおろし原稿を加えてまとめたものです。

タピオカミルクティーで死にかけた土曜日の午後　目次

プロローグ
タピオカを誤嚥《ごえん》、いきなり痛いツボを押され、仲間の集まりに自分だけ呼ばれていなかった……叫びたいトラブルは日常茶飯。
「理由があったら教えてください！」 1

エピソード1
咳をしながらマスクをしない男性編集者にインフルエンザをうつされて。
「忙しいのに、何てことしてくれたの！」 19

エピソード2
圧死寸前のラッシュも超えるインドでの混雑臨死体験。
「インドでは、こんなもんじゃなかった」 27

エピソード3
地方に行くと交通の便がスリリング。乗り遅れたら人生詰む。
「何、この人生！」 35

エピソード4
スポーツ選手は叫ぶことでアドレナリンを分泌し、臨戦態勢になれる。
「苦しかったら叫んだ方がいい！」 43

エピソード5
データ消滅で思考フリーズ。
コンピュータは地球外のエネルギーとつながっているらしい。
「いくら叫んでも戻ってこない！」 52

エピソード6
映画『翔んで埼玉』。感情の整理が追いつかず、心の中が叫びでいっぱいに。
「うまい、うますぎる……」 61

エピソード7
無料サービスに遭遇すると心の中でうれしい悲鳴。
「もらえるものはもらわないと」 69

エピソード8
海外セレブを前にして、挨拶以上のコミュニケーションができない。語学の壁。
「私は彼女の中で死んだ」 77

エピソード9
天使の声×金髪の破壊力。少年合唱団の聖なる波動。
「遺伝子くださーい！ クローン作りたい！」 86

エピソード10
運命のバッグは、なぜ次から次から現れるのか。
「人生がキラキラしていないから、せめてこういうアイテムだけでも」――94

エピソード11
偏食人間の心の叫び。コンニャク、シイタケ、砂肝、牛肉、フォアグラもNO～！
「でもイモムシの素揚げは結構おいしい！」――103

エピソード12
歩いているだけで「かわいい～」という叫びが飛び交うパンダの親子。
「パンダ見た～い！」――111

エピソード13
カマキリ怖い。カマを振り上げられたら人間なのに絶対勝てない気が。
「夜10時、繁華街の道には大量のゴキブリが右往左往！」――119

エピソード14
機体が壊れるかと思うほど、リアルに叫びたくなる飛行機の揺れ。
「揺れますか？」「揺れますが大丈夫です」――128

エピソード15
「レントゲンでも……」という医師を声で威圧して検査をスルー。
「いい大人なのにすみません」 137

エピソード16
猛暑、豪雨、台風、地震……世界的な異常気象。
「私が何をしましたか？」 146

エピソード17
逃げる人々を追いかけて火の粉をまき散らす阿鼻叫喚の「ケベス祭り」。
「めっちゃ熱い！ めっちゃ怖い」けど「楽しかった〜」 155

エピソード18
トラウマ測定器で検出された10件ほどのトラウマ記念日。
「私は疲れているにもかかわらず、働かなければならない」 163

エピソード19
加齢の切なさ。「ご縁」と打とうとしたのに「誤嚥《ごえん》」と変換されて。
「今はOS11です！」 171

タピオカミルクティーで死にかけた土曜日の午後

エピソード1

咳をしながらマスクをしない男性編集者にインフルエンザをうつされて。「忙しいのに、何てことしてくれたの！」

流れ続ける時間は有限であり、地球上では誰もが時間に縛られています。叫びたい、という衝動について考えたとき、最初に浮かんだのが時間に対する焦燥感でした。

「一人で仕事しているとスケジュール管理は大変ではありませんか？」と、先日インタビューで聞かれたとき、「大丈夫ですよ。何でも早めにやるようにしていますから」とほほえみを浮かべて応えたのですが、実際はあまり余裕がなく、毎日が水面下でもがいているような状態です。

スケジュール帳を見てときどき心の中で叫んでいます。

「あーっ、この日しめきりがあったのに出張の取材を入れちゃった！」

「洗濯の時間がない。早起きして時間を作って、そのあと宅配便を出さなければ」

誰も頼む人がいないので（いるとしたら心の中で守護霊に助けを求めるくらい）、そこまで俊敏に動けない私は、ともすると時間が足りなくなってしまいます。

昔は、無理なスケジュールの仕事が来ると、発作的に家にあるお菓子（クッキーやチョコ）などを一気に食べてしまうくせがありました（今でもたまに再発しますが）。ストレスで脳が急に糖分を必要とするみたいです。

調べたら、甘いものにはストレスホルモン「コルチゾール」の生成を抑える効果があるらしいです。でもそんなの対症療法にすぎず、根本的に問題は解決していません。むしろ糖質によって体が重くなり、集中力がダウンしてしまいます。

他に仕事の生産性を下げるのは、体調の悪化です。仕事を進めなければならないのに、どうしても気がのらない、そんなときは風邪をひき始めていることが多いです。

風邪のひき始めにはもう一つサインがあることに気付きました。それは、心の中でネガティブな思いが湧き出してくる、ということ。例えば駅や電車で目に付いた人のことを（あの人いまだにトレンカなんかはいてダサっ）（キモい男性のお尻に、惣菜が入っている袋が当たって最悪）とか、何の罪もない市民に対するそしりの声が心の中で止まらない……。

文字通り、風邪は邪気が入ってきている状態なのだと実感させられます。心の中が殺伐《さつばつ》とした思いになってきたら、休んだ方が良い、というサインです。ちょっと古いですが、インナー豊田議員（元）が発動し、もっと激しく罵倒《ばとう》し始める前に……。でも、そんな心の悪口と邪気とウイルス、全てがマックスに達してしまうこともあります。例えば知り合いに、たちの悪い風邪をうつされてしまったとき。

何年か前、取材先に同行した男性編集者が、重篤《じゅうとく》な咳《せき》をしながらもマスクをしていないのが気になっていました。しかもインフルエンザの疑いがあるとかで……。悪い予感は現実のものとなり、家に帰ってほどなくして私は豚インフルらしき症状を発症し、しばらく寝込みました。

しめきりがあるのに、忙しいのに、何てことしてくれたの？　**もう訴えたい！　訴訟訴訟！**　と、熱に浮かされながらひとり心の中で叫んでいました。

熱とネガティブな思いが合わさってつらさが極限に達し、意識がもうろうとしたとき、三途の川らしきビジョンが見えました。そんなプチ幽体離脱ができたのは貴重な体験でしたが……。

ところで私と同じようなことを考える人もいるらしく、ネットには感染源の人に損害賠償請求したい、という意見が書き込まれていて、損害賠償や治療費の請求は可能だ、と言っている弁護士さんもいました。

話がそれましたが、とにかく時間は大切です。でも、時間がない、時間がないと思っているとますます振り回されるようになってしまいます。加えて、年齢のせいか記憶力があやふやになって、約束を間違えるという失態も……。

焦りから怒りへ

最近、心の中で叫んだできごとがありました。その日はお昼から打ち合わせの予定で、お昼だから13時くらいだと思って、朝、軽く仕事したり、お茶を飲んでゆっくり

最近一番焦ったのは 待ち合わせの
時間を間違えたこと
えっ!? 11時半から!?
申し訳なさが極限に達すると
なぜか怒りの感情が…
っていうか
11時半って
いう設定が
まぎらわし
すぎ!
心がバランスを取ろうとしているの
でしょうか?・相手にとっては理不尽です

過ごしていました。ランチを兼ねた打ち合わせの場所、どこだっけ、と過去のメールをチェック。そこに書かれていた「11時30分から」という言葉を見て血の気が引き、心の中で「ヤバい!!」と叫びました。

ボキャブラリー的にどうかと思いますが、本当に焦ったときは咄嗟《とっさ》にヤバいというセリフしか出てきません。ちょうど時計の針は11時30分を指そうとしていました。震える手で何度も打ち間違いながら、「申し訳ありません。時間を勘違いしていたので今から急いで行きます」とメールを送信。

もうメイクをしている時間もないので、急いでファンデだけ塗り、あとはタクシーで仕上げることにしました。

急いで道路に走り出て、タクシーを止めたのですが、そのとき、道路に出すぎてひかれそうに。「新丸ビルにお願いします」と告げて、ところどころ渋滞しているので苛立ちが募ります。そしてタクシーの中でメイクしたら、アイシャドウの粉とかが目に入って目がかすんできました。謝罪しながら到着し、目がかすんでよく見えない状態で打ち合わせをすることに……。

申し訳ないながらも、申し訳なさが極まると逆に自分への怒りが湧いてきて、精神衛生上よくありません。待たされている方より、待たせている側の方がストレスを感じている気がします。そして（11時30分と13時が1と3でまぎらわしい）とか妙な逆恨みや責任転嫁の思いに……。その日は、人を待たせたショックで判断力が鈍り、紙に包まれているサンドウィッチに仕込まれている楊枝が口の中に刺さったり、プチ災難に見舞われました。時間に翻弄《ほんろう》されて自分を見失いかけました。

やはり「時間がない」という言霊《ことだま》が良くないのかもしれません。「時間がある」

と、口に出して言ったりすれば、好転しそうです。
「時間はある。時間はある……」

時間に語りかけると……

そういえば何年か前、ホ・オポノポノ（ハワイのセルフヒーリング術）の本の著者である、ヒューレン博士に取材したとき、時間について伺《うかが》ったことを思い出しました。博士によると、生き物だけでなく時間にもアイデンティティがあるそうです。「時間に『愛してます、現れてくれてありがとう』と言うと、時間軸が伸びて余裕が生まれます」と博士はおっしゃっていました。

普段は忘れがちですが、たまに思い出したように「愛していますす愛していますす……」と心の中で時間に語りかけ、友好な関係を保つようにしていると、不思議なことに、時間の中からまた時間が湧いてくるような感覚に。説明するのが難しいですが、時間の中に折り畳まれていた時間が現れ、ちょっと伸びる感じです。

４次元っぽいですが、そうすると絶対ムリだろうと思っていたスケジュールをこなすことができたりします。でも、その湧いてきた時間部分に、また別の仕事が入ってきたり……。

時間とは一体何なのでしょう。高次元の世界では「時間がない」どころではなく「時間は存在しない」という説もあります。以前、インドの聖者パイロットババさんが来日したときに「時間は本当は存在しないのでしょうか」と聞いたら、**「時間は人間のマインドが作り出したもの」**という崇高な答えをいただきました。３次元の感覚ではわからないのですが、あるレベルに達したら時間に囚《とら》われなくなるのでしょうか。

時間は流れているというより、過去・現在・未来が同時に存在している、という説もありますが、このことについて考え始めるとさらに時間がなくなりそうなのでこの辺で……。地球に住んでいる間は、時間に縛られる感覚を少しでも楽しめるようになりたいです。

エピソード
2

圧死寸前のラッシュも超えるインドでの混雑臨死体験。「インドでは、こんなもんじゃなかった」

行列とか人ごみには慣れているつもりでした。中高時代は、通学時のラッシュアワーにもまれる日々でした。私が乗っていた埼京線は乗車率がえげつない感じで、ときどき両側から押されて足が浮き上がるほどでした。男性と肉体が密着するのは、十代の私にとっては耐え難いことでした。あとは、知らない女性とお互いの耳が密着したりするのも、あまりいい気分ではなかったです(相手もそう思っていたでしょうけれど)。

人間のラッシュアワーを動物に体験させると、中には死んでしまう動物もいる、と聞いたことがあります。ラッシュでの人間を生かしめているものは、会社や学校に行かなければという強い意志なのです。人間のマインドのパワーは計り知れません。ちなみにラッシュアワーは悪いことばかりではなく、密着している人々からエネルギーを吸収させていただくこともあります。もちろん逆に具合が悪くなることもありますが……。

中高時代は、さらにサンプルセールで耐久力を鍛えていました。お金がなかったので、年に2回、最大90パーセントオフにまでなるブランドのセールに早朝から並んで、激安服をGet。しかし会場は戦場のようで、**服を取り合って気付いたら流血している**ことも……。セールの服ばかり着ていたらちょっと運気が下がってしまった感があります。

社会人になってからはイベント取材などにも行くことが多かったのですが、混雑ぶりで思い出すのは、銀座の通りという通りが人で埋まったリオ五輪凱旋《がいせん》パレード。ロンドン五輪のパレードのときも見学して、全然見えなかった記憶があるので、リオのときは朝9時頃から日本橋の道端で待機しました。お昼前になったらかなり混雑してきて、ヘリの音もうるさくなってきました。

そして12時頃についに選手を乗せたバスが通り過ぎていきました。そもそもスポーツにあまり関心がなくて、不勉強だったので、せっかく選手が目の前を通り過ぎてもどの種目の何という選手なのかわからず……。ただ男子体操の白井選手と目が合った気がしたのは良い思い出です。一流のスポーツ選手が放つポジティブなエネルギーを吸収させていただきました。そして帰りは駅に殺到する人々にもみくちゃにされましたが、パレードがあっけなく終わった淋しさを紛らわすことができました……。

人の本性は「行列」にあり

ほかにも、肉の腐ったような臭いを発する世界最大の花「ショクダイオオコンニャク」の見学の列とか、明治神宮のパワースポット「清正《きよまさ》の井戸」に並ぶ列、パン祭り系のイベントの貪欲《どんよく》さ渦巻く空間、人でごった返す「浅草サンバカーニバル」、会場に入るまでもかなり並んで中も混みまくっていた「文具女子博」……これまで数々の修羅場をくぐり抜けてきました。

行列に慣れていない人は、短時間で音《ね》を上げてしまいます。2019年の一般参賀はいつも以上に人が多くて15万人以上が参列したそうです。前年より長く、3時間以上並んでやっと宮殿前に行けました。近くに愛国者団体がいて、「君が代」を繰り返し歌っていたのに癒やされました。

しかし並んでいる途中、家族連れの若いお父さんが、列が進まないのにキレて「もういい！　オレは帰るから！」と出ていってしまい、周りの人々は失笑。その奥さんに「パパ、子どもだね」と初老男性が話しかけ、そのお父さんの学歴や飲酒癖についてなど個人情報を聞き出していました。そうするうちに列が動いたのでちょっと残念でした。一般参賀が行なわれる宮殿前もごった返していて、「背が高い人で見えない～!!」「スマホ撮影をやめろ～！」などと怒号や叫びが飛び交っていました。**混雑という非常事態では、人々の本性が露《あら》わになります。**

行列や混雑には耐性があると思っていましたが、インドに行ったときは、想像を絶する混雑に命の危険すら感じました。3年に一度、4カ所の聖地で順番に開催される、世界最大の宗教の祭典「クンブメーラ」に行ったときのことです。1億5千万人もの人が訪れる、今回のアラハバード会場はニューヨークのマンハッタン以上の広さ

すさまじい混雑ぶりだったインドのクンブメーラ会場
押さないでー
つぶされそうだし荷物もなくなりそうです
そんな会場で最強の存在が修行僧ナガサドゥー
沐浴がうれしそう
裸で一切の所有物がありません
寒いのか密着している姿に和みました

だそうで、想像がつかないスケール感。普通、旅行前はウキウキした気分が湧いてくるものですが、今回はそのような浮き立ち感はなく、ただ静かな覚悟のようなものが芽生えていました。渡航前日に、神社に行って安全祈願。神頼みだけでなく海外旅行保険に入るべきだったかもしれません。

インドではアラハバードに建てられた、インド公認聖者のヨグマタ相川圭子さんとパイロットババさんの立派なキャンプに宿泊させていただきました。ある日の早朝、聖者のパレードと沐浴《もくよく》があるというので、急いで身支度して列に参加。この日は「マウニ・アマワサヤー」という特別な沐浴日で、聖者のあとに続いて沐浴すると、天国に行けるとか解脱《げだつ》するとか言われています。それを心の頼みに、何千万人もの人が沐浴するそうです。さすが人口13億人の国です。

日本での行列がかすむ臨死体験

実際、別の意味で天国に行けそうなくらいの状況でした。インド人の最大の欲求は解脱欲なのかもしれません。ガンジス川に向かって我先にと急ぐ人々。道が乗車率200パーセント以上のラッシュのような状態で、押されて倒れそうです。同じツアーの人が転んで鉄板の上に顔面から倒れてしまいました。しかし不思議なことにケガはしておらず、あとで「ふわっと柔らかいものに包まれた感じがした」と語っていました。聖者のパワーに守られたのでしょうか。私もあとでそのパワーを実感しました。

とにかくすごいカオス状態で、たびたび人のうねりに飲み込まれ、押し流され、いつの間にか同じツアーの人を見失ってしまいました。右からは群衆が押してきて立っていられないほどで、左には倒れかけた柱がありました。群衆と柱に挟まれたとき、不思議な諦念《ていねん》のようなものが生まれました。痛いと叫ぶというより、運命を受け入れる感じです。

人は不測の事態に見舞われたとき、こんなふうに徐々にあきらめが芽生えて、死んでいくのかもしれません。母国からこんな離れた所で圧死……新聞には短い数行が載るのか……と、死を意識したのですが、気付いたら何とか危険なポイントを抜けることができました。

そしてガンジス川の沐浴スポット前で、また将棋倒しになりかけ、圧死を再び意識。人々に押された勢いで、川になだれ込む人々。私はかなづちなので、押されて川に入ったら深みにはまって水死する危険があります。実際、あとで聞いたら急にガクッと底が深くなるそうでした。

川では、全身、完全に頭まで水に3回沈んで沐浴するのが良いとされています。「過去」「現在」「未来」を清めるそうです。しかし私は、人が多すぎて危険だったのであきらめて、浅瀬で足だけ沐浴。解脱どころではなく、自分を守るのに必死でした。ここで死んだら聖地から天国に直行できそうですが……。外反母趾《がいはんぼし》や神経痛など足のトラブルが多いので足だけでも浄化できてよかったです。足が解脱できれば幸いです。

もう少しで臨死体験になりそうだったインドの大混雑。そこをくぐり抜けたらあまり怖いものがなくなって、旅行中トイレが近くになくて青空の下で用を足したりしたのですが、わりと大丈夫でした。

帰国してから、動物園の無料開放日とか、東京・六本木の森美術館の行列とか、プチ混雑に遭遇しましたが、インドに比べたら全然ぬるいです。

よく、「インドに行ったら人生観が変わった」という人がいますが、たしかに死を意識する場面は日本ではなかなか訪れません。今回無事に帰って来られたのは、大いなる力に生かされているのかもしれない……と改めて感謝の念が湧きあがりました。

しかし、これからちょっとした行列とか混雑に遭遇するたび、**「インドでは、こんなもんじゃなかった」**「私はインドの混みを経験してるんで」とか言ってウザがられるインドかぶれキャラになってしまいそうな予感です。

エピソード3

地方に行くと交通の便がスリリング。乗り遅れたら人生詰む。

「何、この人生！」

「前歯の差し歯がポロリと落ちたとき」「コンタクトレンズが排水口に流れていったとき」「コンサート当日に高いチケットを忘れてきたとき」「ていねいにとった出汁《だし》を捨て、鰹節《かつおぶし》と昆布の出がらしだけが残ったとき」「出発直前に発覚するビザのとり忘れや、パスポートの期限切れ」「入力していたデータをうっかり消したとき」「大きな鳥が自分めがけて飛んできたとき」「ぎっくり腰になった瞬間」……編集者のAさんが、周りの女友達にアンケートを取ってくださった「叫びたい気持ち」の数々。どれも想像するだけで喉元に叫びが出かかります。

中でも、常日頃実感することが多いのが、電車など交通手段が間に合わなくなりそうなときの叫び。「急いでいるのに、逆方向の電車に乗ったときや、新幹線で乗り過ごしたとき」「船に乗り遅れたとき」「交通が不便な所へ行き、まだ15時半なのに今日中には家に帰れないことがわかったとき」など、ドキドキが伝染します。

船に乗り遅れるのは、かなり致命的です。水上タクシーで追いかけて行ったとしても、どうやって乗り込むのかという問題が……。高級クルーズ船で乗り遅れが発生した場合、船は定刻通り出発してしまうそうです。乗客はだいたい富裕層なので飛行機で次の停泊地に向かうらしいですが、なかなか素人にはできないことです。

「まだ15時半なのに今日中に家に帰れなさそう」というのはAさんの体験だそうです。岡山県内で取材中、15時半すぎに「あんたら東京まで帰れるんか？」と取材先の人に言われて、まさかこんな昼間なのに……と半信半疑で調べたところ、最寄りの駅に行くバスも終わっていて、取り返しのつかない思いにかられたそうです。

地方に行くと、交通の便がスリリングです。顔は平静を装《よそお》いながら心で叫んでいることがよくあります。2月下旬に秋田県に取材に行ったときは、雪が降っていて帰りが終電というところから不穏な気配が漂っていました。大館《おおだて》から雪の中、奥羽本線で弘前《ひろさき》へ。電車が遅れたため乗り換えが数分しかなく、雪が積もるホームを走ってなんとか間に合いましたが、まだ油断できません。次の電車もじわじわ遅れて、祈るような気持ちでした。

新青森で新幹線に乗り換えるのですが、時間に正確な新幹線は絶対待ってくれません。雪が降りしきる暗い田舎町をひた走る電車で、私は念のため高速バスの時間を調べました。次の日の朝から芸能人にインタビューする仕事があり、**間に合わなかったら人生詰む**ことがわかっていたのです。最悪、高速バスで朝8時に新宿に到着できるかもしれないとわかり、希望の光が見えました。

弘前には結局、新幹線の発車時刻の3分前に到着。乗り換えの距離が結構長くて、必死で走りギリギリ間に合いましたが、それと引き換えに寿命が縮まった感が……。

地方で予定を詰め込みすぎると……

土地勘が全くきかない遠方の地で、電車がギリギリになるというスリル体験が多いです。４月に仕事で大丸札幌店に行く機会がありました。久しぶりの北海道なので、大丸に行く前後に、個人的な観光の予定を入れました。北海道神宮→白い恋人パーク→大丸→モエレ沼公園→新千歳空港の温泉。これらを日帰りでめぐるという強行トリップです。

北海道神宮と白い恋人パークはＪＲと地下鉄で。新千歳と札幌をつなぐ路線は快速エアポート。37分で到着しますが片道１０７０円しました。ときどき「ポーッ！」と汽笛のような音を発するのが風流でした。

地下鉄の切符代も高いですが、広告収入が少ないという説もあるようです。私が乗った車両にはぽつんと松山千春のＣＤの中吊り広告が下がっていました。

旅の前半は電車や地下鉄だったのでわりとスムーズでした。ただ、昼食の時間がなくなってしまい、白い恋人パークでホットドッグを5分で完食。そのあと大丸にご挨拶に伺い、デパート内をぶらぶらして、まだ15時すぎだからと余裕を感じていたのですが……。

そろそろモエレ沼公園にでも行こうと思い、電車で環状通東駅に出て、バス停へ。

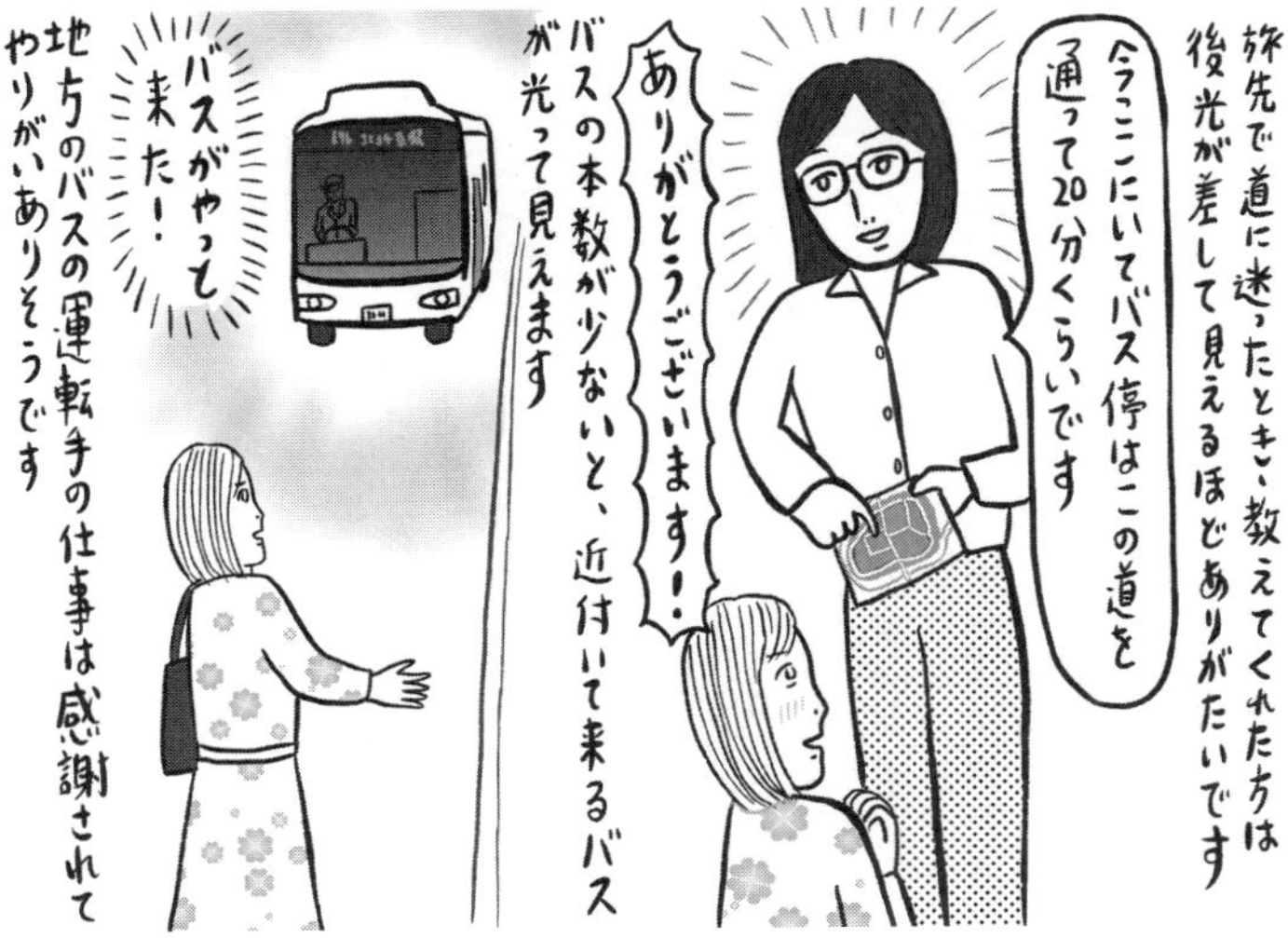

そこで、バスがなかなか来なくて、このあとの予定への危機感が芽生えてきました。地方のバスを利用するときは、よほど余裕を持って計画しないとならないことを忘れていました。同じ札幌市内だからすぐ着くだろうと甘い見通しをしていました。

長時間バスに揺られて、停留所名も「東苗穂8条3」「東苗穂12条3」「東苗穂14条3」……と番地が淡々と続き、なぜ最後が3ばかりなのかと疑問に思いながらも、モエレ沼の気配がなくて心配に。結局、公園には16時45分頃着。誰ひとり降りる人がおらず閑散《かんさん》としています。念のため帰りのバスの時間をチェックしたら、夏限定のバスの時刻とかもあって、実際の本数はかなり少ないことに気付きました。

「バス減便します」という貼り紙もあり、聞いてないよ〜と心で叫びましたが、なすすべもなく……。タクシーも全然走っていません。お金では何ともならない状況ってあるんだと実感。

とりあえず、公園の中に行くだけ行ってみようと思い、ガラスのピラミッド状の建物を目指しました。さすが、イサム・ノグチのスケール感。ノーベル賞取っただけのことはある、とカズオ・イシグロと脳内でごっちゃになったのは、多分心の余裕がないから。ピラミッドに到着するやいなやスタッフの女性に「もう閉館ですよ」と告げられました。反対側の出口の別のバス停までの道順を親切に教えてもらい、**ピラミッド滞在数十秒で外へ出ることに**。その前に施設内のトイレに立ち寄ったら17時とともに電気がシャットダウンされ、完全な闇になって半分パニックで脱出。

緑が美しいランドスケープを、脳の右半分で堪能しながら、左脳は必死に道順をサーチしバス停を探します。もっと余裕があれば、イサム・ノグチ設計の素敵な遊具を観賞したかったのですが……。電灯にとまったカラスが「カ～カ～」と鳴いています。心細くて「こっちの道で良いんですか?」とカラスに聞きましたが、鳴いていたのは散歩している犬に反応しているからで、よそものは無視でした。

バス停に到着し、とりあえずどこかしらの駅に行きそうなバスが来るのを小雨の中、待ちました。帰りのバスは渋滞気味で、また祈るような気持ちに。やっとの思いで地下鉄に乗り込み、札幌に出ます。

緊張を解くために駅ナカの店でアイスを買って、ホームで食べてクールダウン。この旅行、カフェにも寄らず、食はかなりストイックです。神社とか公園とかパワースポットを重視しすぎると、食はおろそかになりがちです。

時間の余裕は大人の余裕

新千歳空港には19時30分頃着。予定では18時すぎには着いているはずでしたが……。楽しみにしていた温泉はなんとか死守して、30分でスピード入浴。１５００円の利用料で30分というのはもったいないですが、空港内に温泉があるというだけでもありがたいです。茶色っぽい、いかにも効きそうなお湯に短時間浸かり、疲れと緊張を癒やしました。本当は温泉施設のレストランやマッサージを利用したかったのですが、そうすると完全に乗り遅れるので、後ろ髪を引かれながら外に出ました。

夜ご飯は出発ロビーで食べたサンドウィッチです。北海道といえば海鮮やポテト……という心の声は黙殺し、改めて都内のアンテナショップやデパートの北海道イベントで食べることにします。

飛行機は若干揺れましたが、厳しいスケジュールを乗り越えて心が動じなくなっていました。そして夜遅く羽田に到着したらしたで、今度は帰りの電車の発車が4分後に迫っていて、また駅までダッシュ。**（何、この人生！）**と心の中で叫びながら、階段を駆け下りました。

人生が旅だとしたら、またこれからも、旅先や、実生活で電車やバスの時刻に追われていくのでしょうか。本当は乗り逃しても良いくらいの気持ちで、予定を延ばして旅を楽しむのが大人の余裕なのかもしれませんが……。

エピソード
4

スポーツ選手は叫ぶことでアドレナリンを分泌し、臨戦態勢になれる。
「苦しかったら叫んだ方がいい！」

「危ない！　危ない！」

久しぶりにわりと大きめな声を出すシチュエーションがありました。エスカレーターで、前にいる人が靴紐が引っかかったみたいで降りられず、ぶつかって将棋倒しになりそうになったのです。ギリギリで避けることができました。

そういえば、長いこと叫んでいなかったな、と、この体験で想起しました。ちょうど「ムンク展」が東京都美術館で開催されていて、２回行ったので、あの有名な《叫び》を間近で何度か拝見する機会に恵まれました。

不気味な空の下、耳をふさいだ異形の人物が何か叫んでいるように見えます。

「私はそこに突っ立ったまま不安に身を震わせる。自然をつんざく終わりのない叫びを感じて」と、ムンクのコメントにあるようなので、実際は叫んでいるのではなく、叫びを感じているようです。それでも、絵の中の緑がかった顔の人物は、声なき声で叫んでいるのかもしれません。見る人も、叫びたいけれど叫べない思いを重ねて感情移入し、《叫び》の疑似体験ができます。

この《叫び》は大人気で、色合いがおしゃれ（さすが北欧センス）だからか、グッズ化されまくっています。つい、《叫び》の空気人形を購入してしまいました。ポケモンとまでコラボグッズを作っていて、キャラとしての強さを感じました。

ムンク自身は、女性関係が派手で、結婚を断ったら相手から逆上され、銃で手を撃たれるなどしましたが、画家としては充実し、長生きしました。《叫び》などを描くことで不安な心の叫びを発散し、デトックスできていたのかもしれません。

叫ぶことの効果について調べていたら**「シャウティング効果」**というワードを見つけました。スポーツ選手が試合のときに叫ぶことでアドレナリンを分泌し、臨戦態勢になれるそうです。シャラポワの雄叫びも、卓球の福原愛さんの「サー！」も、意味があったんですね。

叫んでもいいでしょうか

叫びは痛みを紛らわしたり、ストレスを発散する効果もありそうです。猫がしっぽを踏まれたりしたときなど、「ギャー！」と叫んで、次の瞬間には何事もなかったかのようにリラックスしていたりしますが、あれを見ると、人間も苦しかったら叫んだ方がいいのかも、と思えます。

ただでさえ、ここ1、2カ月は叫びたい出来事の連続でした。重めの風邪に何度もかかって、喉の粘膜に菌が居座り、咳喘息《せきぜんそく》を発症。たびたび発作に襲われました。激しい咳が吐き気と結びつき、外出時は目的地に行くのにも何度かトイレなどで吐かないとたどりつけない謎の症状に悩まされ……。

食欲もなくなり、栄養不足で足がつりまくりました。弱り目に祟《たた》り目で、父の体調が悪化して、その精神的ストレスでまた咳が止まらなくなり……。

なぜか物も壊れまくりました。大事な仕事道具のデジカメとｉＰａｄ用のペンシルが壊れ、出費がかさみました。途中まで執筆を進めていた本の仕事が、担当者が転職されて話がなくなったり、仕事を依頼したデザイナーさんとも音信が途絶えたりで、世知辛《せちがら》いです。テレビの収録をしたら、なぜかテーマが良くないということでお蔵入りになったことも。

どうしてこんなにトラブルが続くのでしょう。「神無月《かんなづき》だったから」ということだけでは説明がつきません。呪われているかのようです。身近な人が心配し、「知らないうちにお地蔵さんをけとばしたりしてない？」と聞いてきましたが、とくに心当たりもありません。苦手な人と意識的に距離を置いたりしてるくらいでしょうか。**まさかそれで生き霊とか念を飛ばされていることはないと思いますが……。**

さらに極めつけは、普段歩いている平らな道で、ちょっとした段差につまずいて派手に転倒したことです。一瞬何が起こったのかわからず、気付いたら倒れていて、上空から攻撃されたのかと思いました。倒れる音が大きかったからか、路面の店から人が出てきたほどです。痛かったですがなんとか起き上がり、駅にたどりついて取材の

場所に向かいました。違和感があったので膝と肘をチェックしたら結構な擦り傷になっていて流血していました。服ごしでも擦り傷ができるんだという驚きが。しかし痛みが激しくて、しばらく毎朝のヨガもできず、かさぶたが取れるまで1カ月近くかかりました。年を取ると傷の治りが遅いです。

ちなみにこの転倒の前日、歌舞伎町のいわくつき物件についてのネットニュースを熟読していました。映画『万引き家族』を観たあとも路上で転倒したし、負のエネルギーに当てられやすいのかもしれません。

自分の呪われぶりはまだ大したことない……

こんなときは同じく大変そうな人の話を聞くと、共感し合ってつらさが少し軽減される気がします。イベント会場で会ったSさんも最近ケガをしたそうでした。

「銭湯に行ったとき、備品で置いてあったカミソリをなんとなくポケットに入れたんです」

なんですか、その**不吉なフラグ**は……。

「そのあとおばあちゃんが危篤状態になって、お見舞いに行き、ジュースを飲ませてあげたいと思って、セブン‐イレブンに行ったんです。小銭を探ってポケットに手を入れたらそこにはカミソリが……」

叫びそうになるエピソード。しかし、そもそもなぜポケットにカミソリを入れたりしたのでしょう。

「呪われてるのかもしれません。ときどき『死ね』っていう声が聞こえるんです」

彼女の知人が呪術に詳しくて、誰かに恨まれているという感覚があるそうです。自分の呪われぶりはまだ大したことない気がしてきました。

このように、つらくて叫びたいときは、大変な人同士でなぐさめ合う、というのも効果的です。

また、ポジティブシンキングで、もっと大変な事態になるところを、このくらいで済んだ、と思うのも良いかもしれません。

叫ぶ準備はできている

あとは本当に叫ぶというか大声を出して発散するのも良さそうです。先日、友人の音楽プロデューサー、ミニー・Pさんが、ボイトレ本を出版された記念にボイトレ・レッスンを開催したので参加してみました。

「日本語はストレスがたまりやすい言語です。腹の底から声を出す文化がありません」と、ミニーさん。やはり意識的に大きな声を出さないと、負のエネルギーがたまってしまうのかもしれません。

まずは立ち方から。腰を反《そ》らさないように、上半身をまっすぐにしながら脱力し、恥骨《ちこつ》を上に向けるようにすると、声が全身に共鳴するそうです。

「高い声を出すときは膝を緩めたり、片手を上げると出しやすいですよ」

やってみたら、アルトの私もちょっと高めの声が出ました。大きな声を出すために重要なのは、口を大きく縦に開けること。そういえば最近行ったテイラー・スウィフトのコンサートで彼女も縦に口を大きく開けていました。

ところで私は以前から、口を大きく開けると吐き気がするという謎の症状に悩まされていました。でも、そのボイトレ・レッスンで、大きな声で「あ〜う〜あ〜！」と発声していたら、最初は吐き気がこみあげていたのが、だんだん口を大きく開けるのが平気になってきました。

「口を大きく開けて発声することで、顔の筋肉のマッサージになります。顔色が明るくなったり、シワやたるみが引き締まる効果も。喉の筋肉も鍛えられ、誤嚥《ごえん》を防げます」

誤嚥……吐き気に加えて、喉に何か詰まって咳き込むことが最近増えていました。

ボイトレで解決したらうれしいです。

声が少し大きくなって、これでもういつでも叫ぶ準備ができています。でも、その後鍼灸院《しんきゅういん》でお灸が倒れてヤケドしかけたとき、私の口から出たのは叫びではなく「すみません、熱いです」という一言でした。

叫べるか叫べないかは、性格的なものなのかもしれません……。

エピソード
5

データ消滅で思考フリーズ。コンピュータは地球外のエネルギーとつながっているらしい。
「いくら叫んでも戻ってこない！」

なぜ、アンドゥがないんだろう……アンドロイドで文字を打ち込むのはスリリングです。原稿のたたき台をメールソフトで執筆して、自分に送信、というのをよくやるのですが、アンドゥやコマンドZなどの「取り消し」や、「元に戻す」機能が存在しないのです。それなので、うっかり消してしまったら消えっぱなし。スマホ宇宙のブラックホールに吸い込まれてしまいます。心の中でいくら叫んでも戻ってきません。

つい先日も、禅についてのテキストを2000文字くらい打ち込んだところで、部分的に選択して直そうとしたら、「全文選択」になってしまい、指が滑って全て消してしまいました。思考がフリーズし、血の気が引きました。その後、友人との待ち合わせで、相手が数十分遅れて来たのですが、そのときは友人に感謝の思いでいっぱいでした。待っている間、思い出せる部分を書き込んで、三分の一くらい復帰。

それにしてもスマホやタブレットのタッチパネルで、指で文章を選択するのとか、かなり難しい気がしますが、世の中の人は皆使いこなしているのでしょうか？　それとも今の小学校では、スマホでの指の使い方を学んでいるとか……？　フリック入力すらできない私のような旧人類は取り残されそうです。

ちょっとした操作ミスで間違って全文消してしまうのは月に一度くらい発生しているのですが、気付いたら消えていた、という事例もあります。地方のラジオ収録の待ち時間に、ｉＰａｄにキーボードを付けて本気モードで入力。作家の先生にインタビューした原稿です。

その後収録をこなし、一段落して控え室に戻ってきたら、さっきまで入力していたテキストファイルごと消えていました。ｉＰａｄ内をくまなく探したのですが見つからず。ちゃんと保存できていなかったのでしょうか。このときもしばらく放心状態になりました。妖怪がテーマのラジオだったので、妖怪のしわざだったのかもしれません。

現代の妖怪はデータ消去をするので油断できないです。

文章が消えてしまったときは、書き直すことで内容が深まる、と前向きにとらえるようにしています。完全に二度手間になってしまうのは、絵や漫画などの保存前に強制終了してしまうことです。２０１０年くらいのＭａｃをずっと使い続けているせいか、ソフトが重いのか、トラブルが発生しがちです。

とくにPhotoshopは、選択ツールで画像の一部を大きく動かしたりすると、かなりの確率で強制終了。時間が巻き戻ったかのように、保存前の状態からやり直しです。と、今書いていたら、急にひらがなが出なくなり全角アルファベットしか出ない、というトラブルに数分見舞われました。さんざんお世話になったPhotoshopの悪口を書いたからでしょうか。失礼しました。

でも、一昔前よりは、データがクラッシュする、という現象自体は少なくなったように思います。Ｍａｃで何か問題が発生したとき、モニターに現れる爆弾マークには寿命が縮まったものでした。ハードディスクごとクラッシュして中身が全部消えてしまうこともたびたびありました。気のせいかもしれませんが、ハードディスクは念に弱くて、誰かと喧嘩《けんか》したり険悪になるとどちらかのハードディスクがやられる、ということもたまにありました。今なら数万円払えばデータ復旧サービスでデータが戻ってくるらしいですが……。

1994～95年頃に書いていたweb日記も、使わせてもらっていたサーバーがたびたびクラッシュして、もうネット上には残っていません。黒歴史というか、プライベート丸出しな内容（当時は個人情報の意識が薄く……）だったので消えてくれて良かったです。今なら、延々とネット上にデータが残って後世の人に見つけられる危険が。

データが勝手に増えることも?

ところでデータ消滅の恐怖について述べさせていただきましたが、データが消えるのではなく、**勝手に増えているパターン**もあるらしいです。先日、アメリカの超能力者、ウィリアム・レーネンさんのセミナーに行ったのですが、後半、「ＰＣと良い関係を築く方法」について話してくださいました。前半は、「ウィジャ盤」という欧米版こっくりさんのボードの使い方について。二人組でピックみたいなものに指を添えて、スピリットの力でアルファベットを指し示すのですが、勝手にどんどん盤の外に出て行って、強力な霊力が降臨したみたいで怖かったです。ウィジャ盤はキーボードやスマホ、タブレットなんかよりもずっと古い、最古の入力デバイスかもしれないと思いました。

とにかくレーネンさんは、死んだ偉人の霊と交信したいときは、例えば「ニコラ・テスラ」「マザー・テレサ」といったフォルダを作ってPC内に放置しておくだけで、朝起きたらその中にテキストデータとか画像が入れられていると言います。ハッキングされているのでは？　と、無粋な発想をしてしまいましたが、違うみたいです。そのシステム、羨《うらや》ましすぎる……。寝ている間に勝手に原稿ができていたら夢のようです。

実は、私たち皆のコンピュータは地球外の、人智を超えたエネルギーとつながっているらしいです。

「皆さんのコンピュータは地球外のエネルギーの影響を受けています。実はコンピュータは宇宙人が設計したんです。人間が進化したので宇宙人が使って良いと許可を与え、技術がもたらされました。PCが予想外の動きをするときは、宇宙人のエネルギーを受けています。私が送ったメールも、届くまで2、3週間かかることがあります。宇宙に行っているんです」

と、レーネンさんは興味深いことをおっしゃいました。今までのクラッシュとかデータが消えた事件も、いくつかは宇宙人が関与していたのかもしれません。人間はコンピュータを完全に制御できないとわからせるためでしょうか。

PCと仲良くなる方法

「コンピュータと仲良くなるためには、**電源を入れるときに挨拶するのが重要**です。ハーイ、フレンド、とね。名前を付けるのも良いでしょう。それから、あなたが他の意識とつながっているのを知っていますよ、と心の中で語りかけましょう。そして、より高いレベルの宇宙人と一緒にコミュニケーションしましょう、と言うのです」

たしかに、どんな機械にもマインドがあるから、話しかけることでスムーズに使える、と聞いたことがあります。また、持ち主の状態に影響されるのか、暗い気分のときは変換がおかしなことになりがちです。「今朝」と入れようとしたのに「袈裟《けさ》」と一番目に変換されたり……。「刺繍」と入れようとして「死臭」というのもありました。できれば、ポジティブで高次元のスピリットとつながりたいです。

「つながりたいスピリットの名前のフォルダを作れば、そこにメッセージをくれたりします。ただ、くだらない質問だと、スピリットがシャットダウンしてしまいます」

低俗な質問ばかりしそうな予感が。現に、セミナーの休み時間で人がいない隙に、机の上に置かれていたウィジャ盤で下世話な質問をしてしまいました。

「M子様とK室さんは結ばれますか?」

と……。答えは「Ｎｏ」の方に動きましたが、私の潜在意識が影響しているかもしれません。

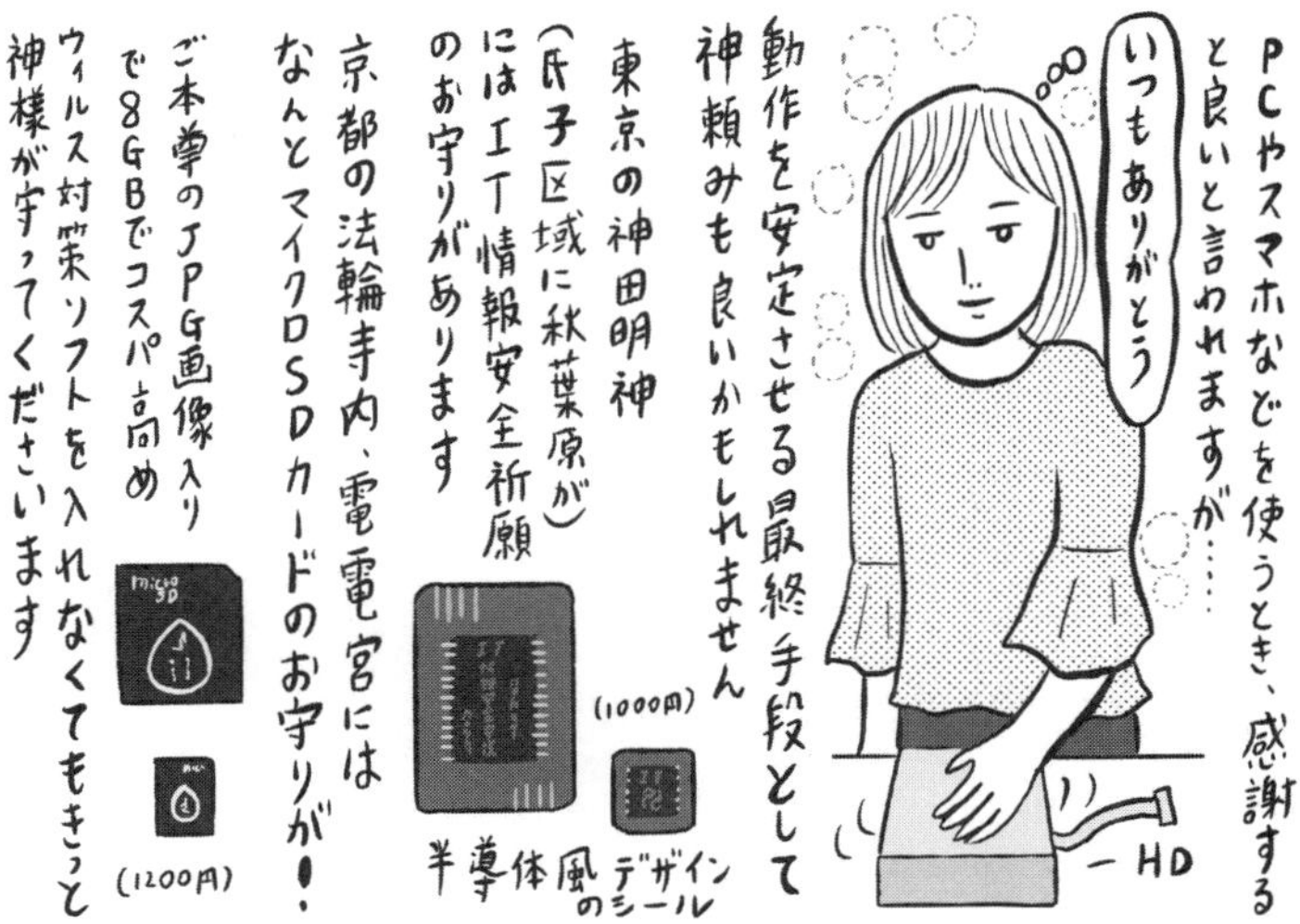
PCやスマホなどを使うとき、感謝すると良いと言われますが……
いつもありがとう
HD
動作を安定させる最終手段として神頼みも良いかもしれません
(1000円)
半導体風デザインのシール
東京の神田明神
(氏子区域に秋葉原が)
にはIT情報安全祈願のお守りがあります
京都の法輪寺内、電電宮にはなんとマイクロSDカードのお守りが！
ご本尊のJPG画像入りで8GBでコスパ高め
(1200円)
ウィルス対策ソフトを入れなくてもきっと神様が守ってくださいます

「コンピュータにネクストレベルの意識を入れてください。プログラムのコードを書く必要はありません。スピリットのためのフォルダを作れば、あとはスピリットがファイルを入れてくれます。私は読むだけです。なかなか信じてもらえないかもしれませんが……」というレーネンさんの話に触発されました。

帰宅してすぐに「空海」「マグダラのマリア」「ババジ」「三島由紀夫」など偉人や聖人のフォルダを作成。約1カ月経ち、今のところフォルダはまだ空っぽです。

寝て起きたら仕事が終わっている、という夢は夢のままに。やはり特別な超能力の持ち主でないと通信できないのでしょうか。地道に仕事するしかなさそうですが、聖なるフォルダによってPCのデータが守られ、強制終了やフリーズが減っている気がします。

エピソード
6

映画『翔んで埼玉』。感情の整理が追いつかず、心の中が叫びでいっぱいに。

「うまい、うますぎる……」

「埼玉県人にはそこらへんの草でも食わせておけ！」

埼玉出身として避けて通れない映画『翔《と》んで埼玉』をついに観に行き、有名なこの台詞《せりふ》が心に刺さりました。「ダサイタマ」と揶揄《やゆ》されたり、東京に行くのに通行手形が必要だったり、ボロボロの服を着ていたり、埼玉県民が不遇な目に遭い、ディスられまくるストーリー。私が行った映画館は錦糸町《きんしちょう》だったので、総武線からの千葉県人が多そうな感じで、自虐の笑いというより埼玉を馬鹿にする空気みたいなものがあり、若干アウェイ感を覚えました。

「ああいやだ！　埼玉なんて言ってるだけで口が埼玉になるわ！」

罵詈雑言《ばりぞうごん》を浴びせられて迫害され、立ち上がる埼玉県人たちの姿を見ていたら、感動、怒り、笑い、恥ずかしさ、さまざまな感情が渦巻き、感情の処理が追いつかず、出口を失った心の叫びで胸がいっぱいになり、うまく呼吸ができなくなりました。

あとで監督が千葉出身と知って複雑な感情になりましたが、埼玉との距離感があったからこそ客観的に、容赦なく、おもしろい作品が作れたのでしょう……。

映画を観た数日後、埼玉がテーマの企画の番組に出る機会がありました。タレントやモデルなど全員埼玉出身の女性6人が、埼玉に対する思いを吐露《とろ》するという主旨です。「朝霞《あさか》市なのでほぼ都民」と主張する女性や、ヤンキー系の家に育ち、母からの教えは「ひとの家の冷蔵庫を勝手に開けるな」だという女性、埼玉県人の一部の若者の間で流行ったかっこいい自転車の乗り方（ハンドルを上に曲げて後ろの荷台に座りやたらスピードを出す）、そして自転車走行中に大蛇が車輪に絡まった体験、大宮と浦和の複雑なライバル関係など、地域ごとの特色が表れておもしろかったです。

埼玉銘菓「十万石まんじゅう」のＣＭのフレーズ「うまい、うますぎる……」を皆で暗唱し、試食したときは一体感に包まれました。ただ、埼玉は皆が一様に推すような名物がない、というのがそのとき指摘されたことです。それぞれの地元におすすめしたいスポットや土産などはいくつかあっても、いまいちアピールが弱かったり宣伝が下手だったりで、ブレイクまでいかないのかもしれません。埼玉の特色というと、「小松菜生産量日本二」「年間快晴日数が日本一」「市の数日本二」「日本一長いサイクリングロード（約170キロ）がある」「河川面積割合日本一」など地味な日本一が多いのですが……。

埼玉にできた「北欧」に行ってみた

でも、今期待しているのが、飯能《はんのう》にできたメッツァビレッジとムーミンバレーパーク。西武鉄道が沿線を北欧テイストにブランディングして新たな観光客を誘致しているのでしょうか。私は小学校の前半は入間《いるま》市、中盤は飯能市に住んでいたので、あの辺りの雰囲気は少し記憶にあります。30年以上前はおしゃれな施設など全然ありませんでした。今、昔住んでいた飯能の家をGoogleで調べると、相変わらず崖っぷちに建っていて、子どもの頃は獣道《けものみち》を通って崖《がけ》を降りて、よく下の河原で遊んでいたことを思い出します。そんな飯能に、縁もゆかりもない北欧の施設ができるとは……。ちなみに小学生の頃は、世界に北欧という場所があることすら知りませんでした。今はすっかり北欧好き（行ったことないですが）に……。はやる気持ちを胸に、久しぶりに西武線に乗り、飯能に向かいました。

まず、衝撃を受けたのは飯能駅にスターバックスがあるということ。住んでいた当時、おしゃれなドリンクの選択肢はなく、コーヒー、紅茶、オレンジジュース、コーラくらいだったことを考えると感慨深いです。そして駅の内装も、天井に木のオブジェが設置してあるなど部分的に北欧感が。駅のポスターには「共鳴し合う『飯能』と『フィンランド』を表現」とありましたが、**一方通行な気がしてなりません……。**そして駅舎内に唐突に、今日の西武ライオンズの試合のスコアをオンタイムで書き込むホワイトボードがあるのに軽い衝撃を受けました。完全におしゃれにはならない埼玉の脱力感にリラックスできます。

駅からバスに乗って北欧施設へ。駅の周りはちょっと栄えていますが、しばらくす

小学生のとき、飯能でノラ犬に追いかけられまくった恐怖の思い出が……
ムーミンで癒やされました
犬よりムーミンのほうが強そうで助けてくれそうです
そして飯能時代、親が厳しくて外食では水しか飲ませてもらえなかったのですが…
ハーブティー
ラテ
三十数年後、飯能にこんなにおしゃれなドリンクが増えているとは！
長く生きてきて良かったです

るとのどかな風景に。宮沢湖という湖の周りが開発されたようです。

かつては心霊の噂も囁《ささや》かれた湖は、水がよどみ気味というか暗い緑色で底が全く見えず、湖というより沼感が漂っています。でもその周辺に北欧風の建物や灯台が並び、牧歌的なＢＧＭが流れると、一気に埼玉感が薄らぎ、外国に来たようです。

北欧好きとしてもテンションが高まり、ショップやカフェなどを見て回りましたが、あまりの混雑ぶりに驚きました。ちなみにムーミンはフィンランドですが、入っているお店はデンマークやスウェーデンなど北欧全般入っているようでした。ひとまとめにしてしまって大丈夫なのか、ちょっと気になります。

メッツァビレッジのレストランやカフェに入ろうとしたらどこも長蛇の列。しばらく湖畔を歩き、別の北欧カフェに入ろうとするも、レジ前の列と席取りの列、二つも行列ができていて断念。ムーミンバレーパークのレストランに向かったら、100人以上並んでいて、別のカフェも3時半の分まで入場整理券は終了、ポップコーンの出店などもすごく並んでいます。でも、飯能でベリーのパンケーキとか、バナナカフェラテとか、サーモンのオープンサンドとか、おしゃれな飲食物が食べられる日が来たと思うと感無量です。

子どものとき、たまに外食をすると、何にでもマヨネーズが添えられていて、すっかりマヨネーズ嫌いになってしまったことを思い出します。こんなにヘルシーでおしゃれな料理が存在するなんて想像だにしませんでした。そして給食もまずくて、食べ残し禁止の小学校だったので、掃除の時間まで一人で泣きながら食べていたシーンがフラッシュバックします。大人になればおしゃれな料理が食べ放題なことを当時の自分に教えてあげたいです。食べ放題と書きましたが現実には長時間並んでやっとオープンサンドが食べられた、という状況でしたが……。

ほどよい脱力感が埼玉の魅力かも

休日だからか、ムーミンバレーパークのメインエリアの広場は、代々木公園かと思うほどの人口密度でした。ざっと見て、それほどおしゃれすぎる人がいないことに安らぎ、リラックスできました。北欧がテーマの施設でも、気負わず、自然体で集まるのが埼玉県人の良いところかもしれません。

埼玉県人としては、つい千葉県人にライバル意識を抱いてしまいますが、たしかに東京ディズニーランドも素晴らしいですが、ムーミンバレーパークはもともとの湖畔や森の自然のロケーションを生かしているのが特徴です。アトラクションが混んでいて入れなくても、レストランが混雑してゆっくりできなくても、大自然を満喫できたのだからここに来たのはムダじゃない、とポジティブにとらえることができます。

自虐から一転し、ポジティブシンキングで開き直れるのも埼玉県人の長所かもしれません。

最後、隣接する温泉施設のレストランで、またもやカモミールジンジャーティーやラズベリーリーフティーなどの素敵なハーブティーのメニューを発見し、胸がいっぱいになりました。おしゃれなウッドデッキから夜の暗い湖を眺めていたら、帰宅して就寝中になぜか悪夢にうなされましたが……。

まだ私の中に、未浄化の黒歴史が残っていたのかもしれません。ヒルがうごめく崖とか、いじめっ子に石を投げられたとか、怪現象が多発する家とか、封印された心の叫びやトラウマがまだ残っているようです。かつての地元に落ちている過去の自分の魂の欠片《かけら》を癒やし、成仏させるためにも、またたびたび埼玉を訪れたいです。

エピソード 7

無料サービスに遭遇すると心の中でうれしい悲鳴。「もらえるものはもらわないと」

なぜ、自分で買った食べ物よりも、試食したものの方がおいしく感じられるのでしょう。それはやはり無料だから……。先日、仕事で熊本に行ったとき、空港のお土産屋さんが試食天国で感動しました。平静を装いつつ、無料サービスに遭遇すると心の中でうれしい悲鳴を上げてしまいます。

無料でもらったものだからと油断して、家にためこんだままにして期限を切らしてしまったこともありました。街で配っていた販促用のお菓子など。編集者の方に聞いたら、彼女も「プレゼントでもらった商品券やお中元でいただいたビール券をしまいこんで忘れてしまい、使用期限が切れていて叫んだことがあります」と言っていました。無料でもらったものは忘れないうちに早めに消費して、恩恵を享受する、というのが鉄則かもしれません。

食べ物ではないのですが、２００９年に話題になったのは、フランスの宝飾店オープン記念の無料ダイヤの配布。**無料ダイヤ、というパワーワードすぎる単語**に惹《ひ》かれ、私も銀座で3時間並び、結局もらえたのは後日引き換えの整理券。しかもそこには高額なダイヤの加工料金の案内もあり、結局そういうことかと脱力したことがありました。タダほど怖いものはない、という一面も。引き換えでもらった砂粒のような小さなダイヤ、結局どこかに行ってしまいました。

タダを求めて店から店へ

そこまで気負わずに、ゲーム感覚で無料を満喫できる催《もよお》しが年に1回開催されています。毎年のように通っているそのイベントは「ヴォーグ・ファッションズ・ナイト・アウト」。9月のある一日、青山・表参道・原宿で夜遅くまでショッピングが楽

しめるという催しで、ここ最近は神戸、名古屋、大阪と全国各地に広がっています。おしゃれして街を歩く楽しさと、各ショップのノベルティやドリンクサービス、割引などを受けられるという特典もあります。毎回、街を歩いている人は大勢いても、紙袋を持っている人は少ない気がして、つい業界活性化のため何か買ってしまいがちです。結局ドリンクサービス以上にお金を使っているような気がしますが、大人の一人として、経済の循環に寄与していきたいです。

今回は女友達と待ち合わせ、まず、

メイン会場である表参道ヒルズへ。吹き抜けのステージにクリス・ペプラー氏やローラさん、冨永愛さん、渡辺直美さんなどが登場し、下から上のフロアまでを埋め尽くした人々の歓声で迎えられていました。東京は芸能人を見かけてもとくに騒ぐ人はいない、という印象がありましたが、この日は別のようです。おしゃれセレブを見てテンションを高め、街へ繰り出します。

配布されている地図を見て、開催している店舗をチェック。最初に目星をつけていたのはSHIPSです。去年、こちらではアイスモンスターのかき氷とカップケーキを無料配布していて、感動した記憶が。ただそのとき、並んでいるお客さんが一見おしゃれで実はエグい会話をしていたことが忘れられません。SHIPS前に一人参列していたら、女性への欲求について口にするのがはばかられるような男子トークが聞こえてきて、後ろを見たらメガネの一見さわやかな星野源っぽい男子で驚きました。このイベント、無料飲食以外にも毎回いろいろな発見があります。

今回のSHIPSでは、ゼリーとカップケーキを配布していました。ただ、完全な無料というわけではなく、インスタなどのSNSで店舗をフォローした場合、という条件付きでした。最近、このように拡散や会員登録の条件付きでノベルティなどを配布するお店が増えています。減るものじゃないし、即時インスタでフォローし、おしゃれなブルーのゼリーをいただきました。

このイベントに限らず、**物をもらったり特典を受けたりする用のアカウントを作っておいてもいいかもしれない**と思いました（貧乏根性）。店内でゼリーを食べていたら、「6万円であの服が買える」などと語る若者グループがいました。貪欲におしゃれしようとする姿勢に刺激されます。

がっつきすぎると失笑を買う

たまに行く洋服屋さんのオープニングセレモニーに行くと、複数のフロアでお酒やチョコなどを配布していて椀飯振舞《おうばんぶるまい》です。輪投げで遊んで、入った数で割引券がもらえるというサービスが。こちらもインスタ登録が条件でした。三つ入って50パーセントオフ。私は気合いで二つ入れて30パーセントオフ券をｇｅｔ。後でワンピースを購入いたしました。「輪投げは結構難しくて、僕がアテンドしたお客さんは全然入ってなかったですよ」と、店員さん。欲のパワーってすごいですね。

MAX & Co. の前で、おしゃれな服を着用させられたチワワとその飼い主が集《つど》っているのを横目に、青山方面へ。ノベルティのキラキラした腕輪やバッジをつけた人が散見されます。すれ違いざまに「うちら光る系持ってないから弱いな」「もらえるものはもらわないと」という、男子グループの会話が聞こえました。

無料ゲームを楽しむには、人の流れを観察するのが大切です。 誰が何を持っていてどこから来るか。ドリンクや瓶などを持っている人を目ざとく見つけ、配布している店を推測します。ドリンクを見つけてそっともらう瞬間、万引きしているような感覚にかられますが、もちろん合法なのでスリルだけ味わえます。

コムデギャルソンでは、購入した人だけもらえるのかとあきらめかけたら、店の奥にドリンク配布台を発見。シャルドネの瓶をいただきました。さすが、人気の店だけに経済力を感じます。いつか買い物させていただきます、ありがとうございました、と心の中でお礼を言いました。

ドリンクが用意されていても、他にお客さんが全然いなかったりして入りにくくてあきらめるパターンも。そんな中でも果敢に入っていくことで、難易度の高いステージをクリアしたような充実感が得られます。普段緊張して入りにくいアレキサンダーワンにも、この勢いで入店。「（配っているのは）下の階ですか？」と単刀直入に聞いてしまい、背後で店員さんの笑い声が聞こえたような……。こちらではロゴ入りのおしゃれなミネラルウォーターをもらいました。あまりにもガツガツしていると恥ずかしい思いをすることもあるので要注意です。

ステラマッカートニーの入り口ではドリンクの瓶が載ったトレイを持ったスタッフが立っていました。前の人が手を伸ばしたら「空ですよ」と、何ともう飲み終わったあとの瓶だったというトラップが！　ゲームのポイントがマイナスされた感じです。

「完全なる無料」は存在しない？

今回の戦利品は、ゼリーと水とシャルドネとチョコと割引券と、路上で配っていた光る腕輪。まずまずの成果です。結局、タダでもらってばかりでは悪いので、その後入ったユナイテッドアローズ系のお店で2万円弱の服を購入してしまいました。少しでも還元することで、このイベントが長続きすることを祈ります。

表参道を歩いていたら、ゴミ拾いをするボランティアの集団と遭遇。イベントで出た空き缶などを拾って回収している献身的な無償奉仕の方々です。無料ドリンクをもらうべきなのは彼らです！　と心の中で叫びました。

ちなみに、最後にとってつけたようですが、無料でものをもらえる運を高めるには、無償奉仕とか、人に何かを差し上げるとか、寄付をすると、逆に何かギフトを得られる率が高まる気がします。

捧《ささ》げる、という行為はポジティブに循環しているのです。寄付や奉仕をするとき、つい一抹《いちまつ》の下心を抱いてしまうのをお許しください……。

エピソード
8

海外セレブを前にして、挨拶以上のコミュニケーションができない。語学の壁。

「私は彼女の中で死んだ」

何も言えない……セレブを前にしていつも思うことです。イベント会場などで海外から来たセレブを目撃することがあります。異次元の美しさとオーラに言葉を失う、というのもありますが、何よりも語学の壁が。挨拶以上のことが何も思い付かず、コミュニケーションが成り立ちません。多くの日本人がそうなってしまうのかもしれませんが、黙って遠くから見つめるか、写真を無言で撮りまくるしかありません。海外セレブに引かれてはいないかと心配しながらも、ただシャッターを切り続けることがこちらにとっては一種のコミュニケーションなのです。

去年のこと、ディオールのパーティ会場でナタリー・ポートマンを目撃しました。

超絶美人でハーバード大学出身でアカデミー賞女優。ベジタリアンで慈善活動をしている、全ての人を公開処刑してしまいそうな、完璧人間です。会場に現れたナタリーの周囲には何重にも人垣ができて、おしゃれピープルたちが手を伸ばしスマホで撮影しまくっていました。背伸びして顔の一部だけ見えましたが、それでもセレブオーラと、口角が上がった勝者の微笑みに圧倒されました。

けだるげなパリピカップルが「言っただろ～動物園みたいだって」と揶揄《やゆ》するのが聞こえてきましたが、私もミーハーなのでナタリーを追いかけ、撮影に参加。ナタリーはその後ＶＩＰスペースに入って、お付きの人にガードされながら談笑。近づく術《すべ》もなく、話すこともなく、ただ見つめるしかできない自分に不甲斐《ふがい》なさを感じました。手の届かない、交流が叶わない相手への歪んだ思いから、その場でナタリーについて検索して、ゴシップ記事を読んで知った気になってしまったり……。

ケイティ・ペリーと遭遇したときの切ない思い出もあります。２００８年頃「アイ・キス・ア・ガール」でブレイクしたケイティが初来日。そのときＭＴＶのサイトの動画の仕事で、ケイティとご一緒することができました。通訳さんを介して無事に仕事が終わり、夜に外苑前のクラブに行ったところ、なんと偶然お客さんとして来ていたケイティ・ペリーが！　そのお店は、当時おしゃれ業界人が集まる人気のクラブでした。呼びかけると向こうも気付いてくれたのですが、それ以上こちらから何も言うことができず、終了。あのとき少しでも親交が深められていたら……と、自分の無力さを感じます。

その翌年くらいの来日公演で、レコード会社の方のおかげで一瞬楽屋で挨拶できたのですが、**「まだ生きてたの⁉」**とケイティ。彼女のギャグセンスを目の当《ま》たりにすると、ますます気のきいたことが思い浮かばず、思いついたとしても英語で言うのは不可能で、曖昧な笑みを浮かべることしかできませんでした。そして今や世界のスーパースターとなったケイティからは完全に忘れ去られ、伏線通り、私は彼女の中で「死んだ」のでした。

セレブ内にも抗争が……

さらに時が経ち、2018年。ケイティ・ペリーはツイッターフォロワー数1億人以上の世界最強の歌姫に。ライバルのテイラー・スウィフトとのバトルや離婚などの経験を経てタフになって、ダークなロングヘアから金髪ベリーショートにイメチェン、曲調もよりCOOLに進化しています。カリスマ性も高まり、とても近付けないオーラですが、遠目に拝見したいです。

駅で、来日公演「WITNESS：THE TOUR」の看板を見かけたので、1万5千円の席に申し込んでみました。世界を回るツアーで、日本では、埼玉出身としてはうれしいことに、さいたまスーパーアリーナで開催！　久しぶりのさいたま新都心駅は、上野東京ラインであっという間でした。

会場に近づくと、双子コーデでおしゃれした子や、へそ出ししている女子、ピンクのホットパンツで露出が激しい女子、赤いドレスで肩出しの女子など、皆ケイティに

2015年、東京ドームの
テイラー・スウィフトの
コンサートに行った3年後
2018年、テイラーの宿敵、ケイティ・
ペリーのさいたまスーパーアリーナ公演へ
仲悪い二人のコンサートに行って大丈夫かな
と、内心気がかりでした
でも、よく考えたら
二人とも雲の上の
存在、世界的な
キラキラ女子でした
勝手に派閥に絡んだ気になってすみません

寄せたファッションで気合いが入っていました。対して私はグレーのニット……年月が経ち、守りに入ってしまったようで反省。

ふと、チケット売り場を見ると、まだ当日券が販売されていました。宿敵テイラー・スウィフトの数年前の東京ドーム公演は、チケットの一次販売は即完売。その後、抽選販売にも2回外れて、あきらめきれずに当日まで情報を追っていたら、急遽、ステージがあまり見えない真横の席が解放されることを知り、ダメ元で現地に行ってなんとか購入できた思い出があります。

やはりわかりやすく金髪美人で曲もキャッチーなテイラーの方が、日本での人気が高いのでしょうか。テイラーのコンサートは、幅1mくらいの細い花道が、数mの高さに持ち上がり、しかも斜めに傾斜したり回転したりしているその上でテイラーが歌い踊るという、見ているだけでもスリリングな演出でした。全くよろめいたりしないテイラーの圧倒的なバランス感覚を目の当たりにしました。彼女は今後もショウビズ界で安泰だろう、と……。

そのテイラーの積年の宿敵が、ケイティ・ペリーです。2014年頃、テイラーとケイティはバックダンサーを奪ったとか奪われたとかで揉《も》めて、友達だったのが不仲に。それ以来、お互いの曲やインタビューでディスり合っている様が世界に注目されています。

テイラーの方はモデルや女優、歌手など仲間を集めてテイラー・スクワッド（テイラー軍団）を形成し、勢力を強化。その中でケイティと仲良くした人が出たらハブにするという、**女子中学生の派閥争い**のようなことが繰り広げられました。

そんなテイラーとケイティのコンサート、両方に行ってしまう八方美人のファンですみません。老婆心で二人が和解することを祈っています。もし仲直りしたら、地球ももっと平和になるような気がしています（その祈りが天に通じたのか、その後二人は和解し、２０１９年にはコラボＭＶも製作。世界に平和の波動が広がりました）。

セレブの言動は「考えるな、感じろ」

ケイティのコンサートは、想像以上にスペクタクルでした。巨大な目玉の形のスクリーンに、目玉人間を模したバックダンサーなど、目玉＝プロビデンス（神の全能の目）の象徴だとすれば、陰謀論的に闇の組織イルミナティ（秘密結社フリーメーソンの中の一部が過激化した団体。世界を裏で支配しているという説が）との関係を感じずにはいられませんでしたが……。

歳月が経ち、超セレブのケイティとは裏腹に、浮かばれず、つい陰謀論に逃避しがちな自分との落差を痛感。ケイティがテイラーに対して強気なのはバックに秘密結社があるから？　と邪推してしまいました。そういえば来日中のオバマ氏とケイティが一緒に食事して、「世の中の状況について」話したそうですが、人類をどうするか相談し合っていたのかもと想像。

とはいえケイティの歌姫としての実力は本物で、おそらく口パクではなく実際歌ってくれていたようです。ケイティはフードつきの真っ赤な上下から、白いパンツスーツで首からモニターを下げた衣装、エジプトっぽいファッションなど何度も衣装チェンジして、セットも巨大な花やサメの着ぐるみ、食虫花などお金がかかっていました。花道を歩くケイティと、目が合ったと勝手に信じています。

ただ、何度も「ＴＯＫＹＯ〜〜!!」と叫ぶのは納得できないものが。隣の、同じく埼玉出身の友達と**「SAITAMAだよね」**と訂正していましたが、その思いは届かなかったようです。何十カ所も回って、いちいち細かい地名など把握できません。昔、マイリー・サイラスがツアーの地名を忘れないように足元のモニターに常に映していたのが話題になったこともありました（そんなマイリーは子豚を2匹飼っているのでもう世界ツアーはやらないそうです）。

どの場所でも言っているのかもしれないと疑いながらも、ケイティが何度も日本への愛を語ってくれたのがうれしかったです。「世界で最もお気に入りの場所」「日本のファンです」「アイシテマス!!」「日本人のファッションやユーモア、仏教にとてもインスパイアされています」など……。

最後、アンコールでは巨大な手のひらが出現し、まるでお釈迦様の手のようでしたが、ケイティはその中に吸い込まれてゆきました。私はアンコールのときに降り注いだ紙吹雪を、何枚か拾って持って帰りました。星形の紙吹雪を、何光年も遠い存在であるスターのケイティとの思い出にします。

エピソード
9

天使の声×金髪の破壊力。少年合唱団の聖なる波動。

「遺伝子くださーい! クローン作りたい!」

先日、仕事の打ち上げの席でおすすめイベントを聞かれたので、近々来日するフライブルク大聖堂少年合唱団のコンサートを激推ししました。しかし、なぜか皆さんのリアクションが薄かったです。なぜ、天使のような少年たちがわざわざ遠路はるばる来日して歌ってくださるというめったにない機会なのに、スルーできるのでしょうか。**年に一度は少年合唱団のエネルギーを吸収しないと生きていけない**身としては、不思議でなりません。全員その場で予約するくらいの流れを期待していたのですが……。そのあとも良さを訴えたのですが、酒の席という享楽の場では波動的に伝わりにくかったみたいです。

ここ最近行った思い出深い少年合唱団のコンサートといえば、定番ですが、ウィーン少年合唱団は外せません。世界ツアーに慣れているからか演出もこなれていて、安心の萌えクオリティーです。バッハ、モーツァルト、ヘンデルなどメジャーな作曲家だけでなく、ブラジルの部族の曲に挑戦したり、訪れた国の歌（ジブリの曲など）を歌ってくれたりと飽きさせません。振り付けも、少年たちがお互いの帽子を脱がせたり自分でかぶったりするパフォーマンスがあったりと、結構動きが激しいです。いろいろな角度から少年合唱団を観賞できます（「少年を観賞できます」と書いたらちょっと危ない感じになるので、念のため「少年合唱団」と表記してみました）。

前回は、AKBの卒業発表のように、入団4年目の少年7人の卒業が舞台上で発表されて、感極まって泣く、という感動のシーンが繰り広げられました。声変わりすると卒業するという決まりが。天使の声は期間限定だからこそ美しく純度が高いのでしょう。客席からもすすり泣きの声が……。遠い異国のステージで突然卒業を言い渡されるのも酷な気がします。

でも、卒業したあとも彼らの将来は無限の可能性に満ちています。パンフに団員たちの将来の夢が掲載されていたのですが、「歯科医」「外交官」「科学者」「政治家」「歌手」など意識の高さがうずまいていて、畏《おそ》れ入りました。

ちょっと前に来日公演を観たパリ木の十字架少年合唱団は、ウィーンよりもこなれていないぶん、ガチの聖歌がレパートリーで、本格的。「グレゴリオ聖歌」「アヴェ・マリア」などを聴いて昇天しそうでした。少年が猫の鳴きまねをする「猫の二重奏」も、萌え度MAX。衣装も、白いガウンに木の十字架を下げていて、正直、反則です。お辞儀をしたとき、少年のうなじが見えて、そこからほとばしるピュアな生命力を吸収させていただきました。少年合唱団を聴きに行くと少しテロメア（染色体の末端のキャップ）が伸びる気がします。

歌声と圧倒的な富のオーラのダブルパンチ

といった感じで、これまでに何回か少年合唱団のコンサートに行ってまいりましたが、中でもブランド価値が高そうな合唱団の存在が。それは……**モナコ少年合唱団**

モナコ少年合唱団は育ちが良さげな美少年だらけです
ノーブルなブルーのシャツ
制服もモナコっぽくておしゃれです
しかし出待ちした人の動画を見たら…
オールボワール!!
A&F
Supreme
アバクロやシュプリームなどのTシャツ姿でちょっとショックでした
でも上品に着こなしていらっしゃいます

です。モナコという国自体のイメージもアッパーですが、その中から選びぬかれた少年たちは、音楽の素養にあふれた家庭出身で、まぶしいくらいの富裕層オーラを放っていそうです。何しろモナコは超物価が高いと以前テレビで観たことが。年収1億あっても普通だそうです。私などモナコに移住でもしたら即極貧生活に……。

遠い青葉台のコンサート会場まで来て、時間がなくて無印良品のカフェで急いでパンとサラダの夕食を食べました。会場に着いたら、さっそくモナコの格の高さを感じました。ロビーみたいなところでパーティが開催されているではありませんか。ロープで区切られ、選ばれた関係者しか入れないようです。ロープごしにセレブの饗宴《きようえん》を物欲しげに眺めました。モナコ関係者というだけでも、雲の上のような……。

今回の資料を見ていたら、共演する「アンサンブル・イリス」という日本人の女性音楽家のグループも相当なセレブであることがわかりました。南仏で活動されているそうです。横文字混じりの名字から察すると、皆さんモナコ人かフランス人とご結婚されています。それで音楽家として活躍されているなんて、女性の人生として恵まれすぎています。プロフィールには「カンヌ音楽院を首席で卒業」とか「モナコ大聖堂で行なわれたアルベール王子出席のガラコンサートに出演」といったパワー経歴が。モナコ少年合唱団に萌える前に、女として完全な敗北感が……。

このお二人の歌とハープの演奏も堂々としていて素晴らしかったです。ＭＣで話していましたが、それぞれニースとモナコにお住まいだとか。あと今回来ていないもう一人のメンバーはコートダジュール在住。モナコ、ニース、コートダジュールと最強の地名がそろって、圧倒されます。しばらく自分の人生はこれで良いのかと思いを馳せましたが、後半、天使の歌声で心を慰撫《いぶ》してもらいたいです。

そしていよいよ約20人の少年たちが入場してきました。まず、金髪のまぶしさに目がくらみました。しばらく直視できなかったのですが、見てみると金髪にも明るめからダーク系まで、グラデーションがあるのがわかります。天使の声×金髪の破壊力。上品なブルーの制服はモナコの美しい景色とマッチしそうです。彼らは手を後ろで合わせた姿勢で、バロック時代の聖歌から合唱。その声は天からブワーッと金粉が降り注いでくるようです。このコンサート、モナコの金運にあやかれそうです。

気付いたら隣の席の女性たちは、「お持ち帰りしたい……」とかとんでもないことをつぶやいていて、さすがにお持ち帰りはショタ（ショタコン、少年愛好）が過ぎるというか、犯罪的だと若干引きました。後ろの男性は興奮気味に「ウククク」とくぐもった笑い声を発しています。自分も含め前列の客層、やばいかもしれません。どうか日本人を嫌いにならないでほしいです。

日本で一番のパワースポットはここかもしれない

バッハやブラームスの曲や聖歌などが厳《おごそ》かに歌われ、ときどきソロパートも。小柄な金髪の美少年の、ルックスも歌声の清らかさも神がかっていました。感極まりつつ、心の中で「遺伝子ください！　クローン作りたいです！」と叫んでいました。「アーーメン♪　アーーメン♪」と、アーメンが頻出。神もこんなかわいい少年たちにアーメンと歌われ喜んでいることでしょう。「アアアアーメン！　アーーメン！」と激し目のアーメンもありました。少年の声はまっすぐ頭頂部から入ってきて、チャクラがビンビンします。

隣の女性は前半激しく咳き込んでいて心配だったのですが、**モナコ少年合唱団が歌いだしたら咳が止まっていました**。天使の歌声の癒やしパワーは絶大です。

来日公演なので気を遣って「さくらさくら」も歌ってくださいました。フランス語なまりで聴けるのは貴重な体験でした。アンコールは「ドレミの歌」で上品に盛り上がりました。

団員は客席をあまり見てはいけない決まりがあるのかもしれませんが、気になるようでたまにチラッと見るのにも萌えます。「かわいい～」「たまにニコッとする感じがたまらない」という感想が聞こえてきました。少年たちは金色の残留オーラを残しながら退場。お名残おしいです……。

余韻に浸りながらホールを出てエレベーターに乗ったら、知らないおじさんがさっきの歌のメロディを口ずさんでいて、上書きされてショックでした。心の狭いファンですみません。おじさんの歌声の記憶を消すために、またすぐに別の少年合唱団のコンサートを予約してしまいました……。

エピソード 10

運命のバッグは、なぜ次から次から現れるのか。

「人生がキラキラしていないから、せめてこういうアイテムだけでも」

セリーヌのショーウィンドウからバッグが語りかけてきます。まるでペットショップの犬や猫のように、**「今、目が合ったのは運命だよね。私を連れて帰って」**とでもいうように。

雑誌で見る今季のバッグ特集も素敵ですが、やはりバッグは実際見ると、伝わってくるヴァイブスがあります。職人の息吹、ブランドの持つエネルギーなど。でもセリーヌは数十万円するのでちょっと買えません。連れて帰れなくてごめんなさい。それに私は最近、半端な値段のバッグのスパイラルにハマってしまっていて抜けられなくなっているのです……。

はじまりは冬にセレクトショップで買った、プッチのバッグ。マッシモ・ジョルジェッティという有名なデザイナーがクリエイティブ・ディレクターだったときの、黒と赤、パープルのコントラストがきいたCOOLなデザインが目を引きました。肩からかけると、パリッとして有能そうに見えます。鏡の前で試しがけしたらもう、あとは店員に言われるがまま……10万円位のバッグがセールで5万円台になっていたこともあり、購入してしまいました。

しばらくリビングルームに置き、視界に入る度にテンションが上がっていたのですが、実際そのバッグは数カ月くらいしか使わなかったのです。デザインのインパクトが強くてコーディネイトが難しかったのと、内側が赤いスエードだったのでバッグに入れた物に色移りしてしまうというのが理由でした。しばらくそのバッグを放置していたのですが、もったいないのでフリマアプリで売ることにしました。

手放すのにも一苦労

初めてフリマアプリを使ったのですが、こんなに大変だとは……。バッグの写真を裏表から撮影しサイトに登録。最初は4万円という値段を付けていたのですが、全然反応がありません。それから3万、2万5千、とだんだん下げていき、手数料も引かれるので断腸の思いだったのですが、あるとき、女性客から質問が来ました。

「バッグの使用頻度と期間を教えてください」とか「重量は何グラムですか?」「ギャランティーカードと袋は付いていますか?」などと聞かれ、このアプリは即レスが基本の世界なので仕事中でもすぐ調べて返答。もう客のしもべみたいな感覚です。

するといきなり「1万円で購入可能ですか?」と値切られて驚きました。この、値切りもよく見られる風習みたいです。そこまでは無理ということを伝え、しばらくしたら、「傷の写真を撮って送ってください」と言われ、即撮影してアップ。2万円(送料こちら持ち)で決着がつきました。宅配便営業所に走って即時発送し、常に客を最優先です。

でも、そのとき撮影しきれなかった細かい汚れがあったらしく、あとでイヤミを書かれ低い評価を付けられてしばらく落ち込みました。フリマアプリのユーザーは業者かと思うくらい細かく検品してきます。商売の大変さが身にしみました。履歴を見ると、その女性客も財布を出品したときに、金具の傷がどうこうと指摘されていたので、**人にされた細かい指摘を別の人にする、という輪廻《りんね》**ができているようでした。懲《こ》りたので、あれからフリマアプリで売買はしていません。

運命の出合いが次から次へ

出品している間、もちろん他のバッグに食指が動き、たびたび購入していました。バッグ欲は性欲とか恋愛欲の代わりなのかと思うくらいです。春先に買ったのは、ティラ・マーチの白いトートバッグ。2万数千円くらいでした。持ち手などアクセントが金のレザーなのがおしゃれでした。ただ白いキャンバス地なのでどうしても汚れやすいです。自分の体に接している部分は、夏の間の汗がしみたのか薄汚れてしまいました。手に触れるもの、全てを汚す人間の業……。あとで、最初に防水スプレーをしておくと良いことを知りましたが、時すでに遅しでした。

ティラ・マーチの白キャンバスの汚れが気がかりだったある日、また別のバッグに出合ってしまいました。前から欲しいと思っていた、アグネス・バドゥーの茶色いレザーバッグが、セールで6万円台に。サイズが微妙に小さく、角張っていて使いづらそうですが、クラシカルでいて素朴なデザインが素敵です。レザーだから大丈夫だろうと思っていたのですが、表面をコーティングや着色していないからか、キャンバス並みに汚れやすいことに気付きました。持ち手やふちなどが急速に黒ずんでいくバッグを、私はなすすべもなく見つめていました。

諸行無常という言葉を実感しました。形あるものは全て壊れてしまうのです。でも、この生のレザー感が男性に受けが良くて、カフェの店員さんなど二人くらいに「そのバッグいいですね」と話しかけられたのが良い思い出です。

また、ふとした心の隙に入ってきた別のバッグを買ってしまいました。渋谷西武で

見かけた、布とオレンジの革が組み合わさったデザインで、LOXWOODという聞いたことがないブランド。値段も安めです。

「謎ブランド　店員に背を向け検索す」（唐突ですが、心の川柳）

さり気なく検索したら、フランス製というのは良いのですが、現地のお店に並ぶ他のバッグのおしゃれ度が低いような……。その日は買わずに帰りましたが、次の日どうしても頭から離れず、江ノ島取材の前にわざわざ渋谷に寄ってバッグを購入する、という愚行を犯してしまいました。

そしてそのバッグも長続きせず……（サイズが大きすぎたようです）。運命のバッグ探しは続きます。

東急プラザ銀座や渋谷ヒカリエ、六本木ヒルズなど、たくさんのお店を探し歩き、ヒカリエのバッグとは全員顔見知りのようになって「こんにちは！」と心の中で挨拶するくらいになりました。

「Ａ４は　入りますか？　という呪文」

「買おうかな　迷ったバッグは　完全合皮」（心の川柳）

表参道で見つけたおしゃれなバッグは、店員さんに合皮だと言われて断念。

運命はやっぱり幻なの？

しばらく探し歩き、これこそ運命かも、と思って最近購入したのが、上野に新しくできたパルコで見かけたシャイニーなバッグ。こちらもフランスでNaterraという知らないブランド。この日、薄汚れた白いトートバッグを持っていたのですが、「バッ

グ見て　買い替えですか？　と店員さん」ということがあり、はた目にも汚れが目立つのかも、と焦燥感が。上野パルコオープンへの御祝儀という気持ちもあって、購入してしまいました。

その後パルコ地下で、「私、自分の人生がキラキラしていないからせめてこういうアイテムだけでも」と金の革のカードケースを買おうとしているおばさんと遭遇。もしかしたら私もそういう潜在意識でラメがかったバッグを購入してしまったのかもしれません。

しばらくはこのバッグで満足していたのですが、先日また運命かもしれないバッグを見つけてしまいました。たまに買う靴のお店、ファビオ・ルスコーニにそのバッグは佇《たたず》んでいました。バッグと目が合ったので中に入り、手に取ると、ちょうど良いサイズ感。そして理想の色合い。息が荒くなってきます。さすがに先日買ったばかりで、また買うとどうかしているので、店員さんに向かって「このバッグかわいいですね～」とホメちぎりました。

「バッグが入荷するのは珍しいんですよ」「そうですよね、はじめて見ました」「本当にかわいい……」

バッグを見つめていつまでもその場から動かない私を見て、若干引いている店員さん。店を出てからもストーカーのようにガラスごしにバッグを見ていました。私以外の誰かに買われても、幸せになってくださいい、という思いをこめて……。

それと同時に脳の片隅で、かわいかったけれど革が重かった、と買わない理由をあら探しし始めていました。人間もバッグも、運命だと思ったら、たいてい錯覚なのです。

エピソード11

偏食人間の心の叫び。コンニャク、シイタケ、砂肝、牛肉、フォアグラもＮＯ〜！「でもイモムシの素揚げは結構おいしい！」

食べ物の好き嫌いが多いせいで、今まで何百回となく会食の席の空気をこわしてしまって申し訳ありません。「好き嫌いが多い人」で検索すると、ネットでもかなり評判悪いです。「いい大人なのに」「性格に癖があって面倒くさい人が多い」「育ちが悪そう」「一緒に食事したくない」「偏食の奴は地雷」etc.……。全部自分が言われているようで、言葉が心に刺さります。

お恥ずかしい話ですが、偏食は小学生の頃にさかのぼります。給食が苦手で、食べられないものが多かったのですが、当時の小学校は厳しくて、見せしめのように、食べ終わるまでずっと掃除の時間も席で食べ続けないといけない、というルールがありました。そこで嫌いなコンニャクやシイタケなどを吐きそうになりながら少しずつ飲みくだしていました。

シイタケは、舌に残るエグみと渋みの入り交じったテイストが苦手で、コンニャクは味や匂いだけでなく墓石のような見た目がちょっと受け入れ難いです。給食で苦手なのは麻婆豆腐でした。ドロッとしていて、一口食べただけでもこみ上げるものが。ついつい拒絶反応が出て、給食中に吐いて、クラスメイトに白い目で見られたことも。でも優しい女子が、片付けるのを手伝ってくれたりして、つらい中でも人の優しさに触れることができました。

好き嫌いがなくて何でも食べられる人を尊敬しています。嫌いなものをムリヤリ食べさせるのは、現代だと何かのハラスメントになるのでしょうか。でもどちらかというと自分の方に原因があるように思っています。

子どものときの食生活は範囲がまだ狭かったのですが、大人になるとさらに難易度の高い食材が増えてきました。牡蠣《かき》とかジビエ、モツ系など……。焼肉も積極的に食べたくありません。そうなると友人知人の誘いをお店がわかった時点で断ることもあり、**食べ物の好みに比例して人間関係も狭まっていきます**。フレンチレストランに誘われたときなども、あらかじめコースが決められていた場合、フォアグラとかエゾシカとか、次々食べられないものが出てきて、半分くらいは鼻呼吸しないでなんとか飲み込むのですが、残してしまうと微妙な空気になってしまいます。とくに仕事関係の食事会など……。

小学校の給食は苦手な食材も全部食べなくてはならない決まりがありましたが、大人になったら好きなものだけ食べれば良い、と思っていました。でもそれは、自分がお金を払って食べられるものをオーダーする場合に限られている、ということに気付きました。

キャベツだけを延々と食べ続ける

忘年会のシーズンも、私的には試練が多かったです。対談の仕事のあと、3人で近くのおしゃれなレストランで会食をしました。はじめてのお店だったので、メニューをお任せしていたら、まず運ばれてきたのは、砂肝《すなぎも》の料理です。声を大にして苦手というのも何なので、しばらく静観していました。砂肝の何ともいえない、赤紫からグレーへのグラデーションを、（食べ物の色じゃないな）と、眺めながら……。そこで同席の方に「どうぞ」と勧められて、畏れ入りながら「すみませんが砂肝はちょっと……」と固辞したら、「すみません」と逆に謝られてますます恐縮。好き嫌いが多いと、よくこういう空気になって心苦しいです。

ただこの席では、砂肝だけで終わりませんでした。次に運ばれてきたのが、フォアグラのパテとバゲットです。手を出さないでいたらまたもや「どうぞ召し上がってください」と勧められ、「すみません……」と謝りました。臓物だと身構えすぎてしまっているのでしょうか。

そして二度あることは三度あり、次に頼まれたのは牡蠣の料理でした。牡蠣の、どこがどうなっているのかよくわからない形態とグニュッとした食感が怖くて食べられません。気まずい空気の中、私はキャベツだけ延々と食べ続けました。

この日はもう1件、予定が入っていたので、これ以上食べられないものが出てきて

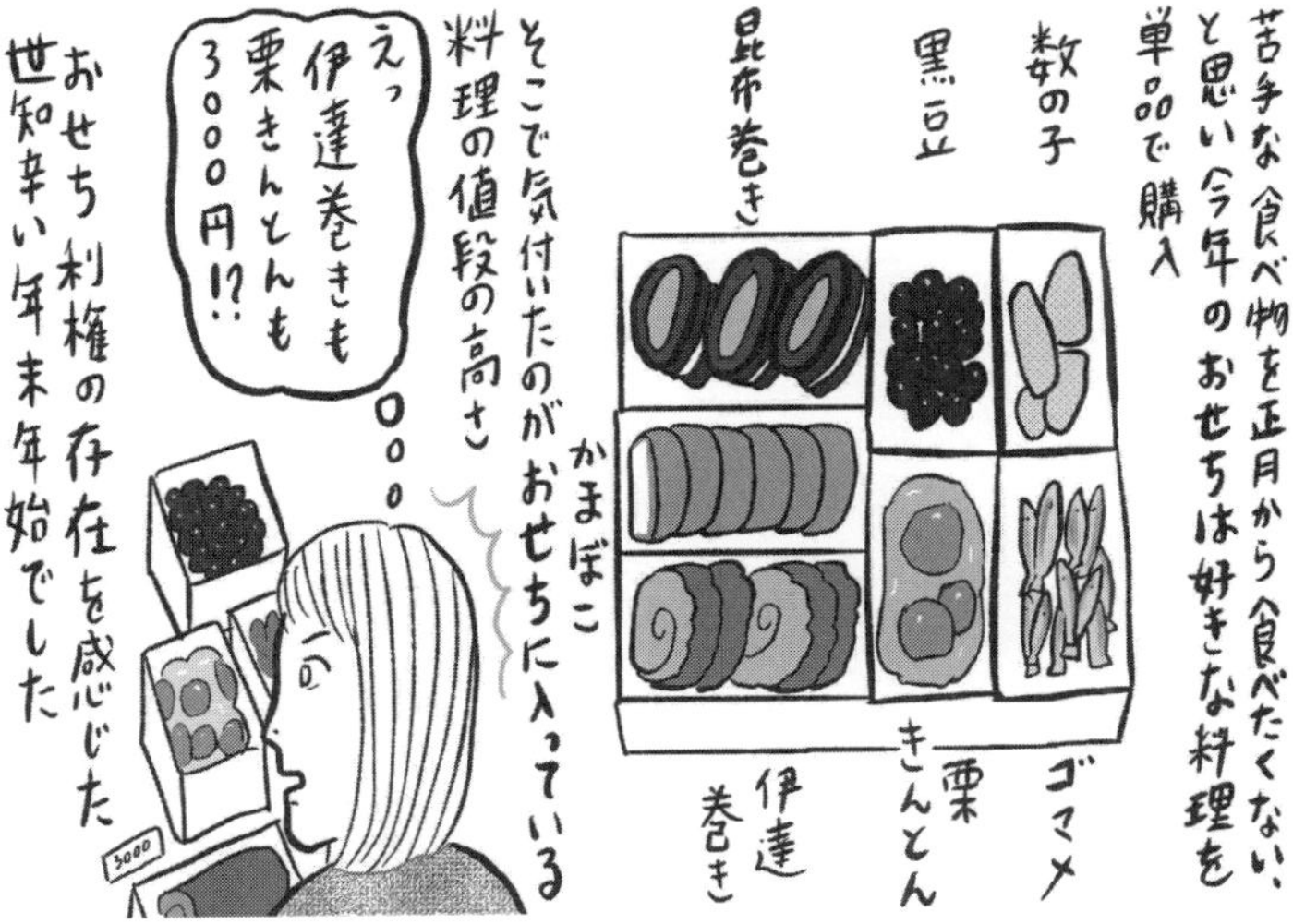
苦手な食べ物を正月から食べたくない、と思い今年のおせちは好きな料理を単品で購入
数の子
黒豆
昆布巻き
ゴマメ
栗きんとん
伊達巻き
かまぼこ
そこで気付いたのがおせちに入っている料理の値段の高さ
えっ伊達巻きも栗きんとんも3000円!?!
おせち利権の存在を感じた世知辛い年末年始でした

も申し訳ないので1時間ほどで退出。次は美術系の友達との会食です。お店はロシア料理屋さんでした。ただ、行ってみてロシア料理はほぼ牛肉だということに気付きました。

　ローストビーフやボルシチ、ビーフストロガノフなどが次々と運ばれてきましたが、何となくやり過ごしました。ただあまりにも食べていないので気付かれてしまい、「すみません、牛肉はちょっと……」と打ち明け、またもや微妙な空気になりました。

　牛肉は味が嫌いというよりも、食べた後ボーッとしたり集中力が落ちる感じがして、避けている食材です。また、インドの文化に憧れていて、シヴァ神が好きなので、牛は神聖な乗り物で……。

本当にすみません。偏食が多い人間が面倒くさがられるのも納得&反省です。でも、このロシア料理では、皆が「これはちょっと……」と完食できなかった、ラードの塊《かたまり》を乗せたパンも出てきて、食べられない感を共有することができました。

肉や貝がムリなら、ベジタリアンになれば良い、という話もあります。たしかにたまにベジタリアンのレストランに行くと、食べられるものが多くて安心できます。ただ油断できないのがシイタケとコンニャクです。以前ヨガのリトリート[注1]に参加したとき、配膳の係の人に「すみません、コンニャクは入らないようにしてください」と頼んだら、えっ……という顔をされました。波動が高い人々の中、**そのようなエゴイスティックなリクエストはしてはいけない空気が**。少量入っていたコンニャクを、涙目になりながら飲み込みました。本当にいい歳して自分が情けないです。

「仕事」なら、ゲテモノも食べられる

普段偏食で肩身の狭い思いをしているからか、反動でときどきリベンジしたくなることがあります。苦手な食材や料理はできるだけ避けていますが、一方、「仕事」だと思うとゲテモノが食べられるのが不思議です。水族館のイベントでオオグソクムシを試食したり（シャコのような味でした）、虫イベントでバッタの糞のお茶を飲んだり（漢方のような渋みがありました）、カブトムシをすり潰して固めた物体を食べたり（かつおぶしっぽい味でした）……。

先日もネットの番組の仕事で、虫食いライターの美女、ムシモアゼルギリコさんと一緒になり、彼女のハイレベルな虫食に触発されました。桜の木にいるイモムシを採って食べるのが楽しみとか、ゴキブリを食べるために育てているとか語っていました。サブカルチャーの行き着く果てにある虫食いカルチャー。

番組で出された、カイコの糞のお茶、バンブーワーム（竹の中に生息する幼虫）

や、アリの幼虫、コオロギなどを試食。バンブーワームの素揚げは、カリッとしていて香ばしく、イモムシっぽい斑点や節を見ないようにすれば、かっぱえびせんみたいで結構イケます。他の虫も、エビみたいな味だと自分に言い聞かせて、ちょっと試食。虫を食べるとき、エビという偉大な存在が心の助けになります。

虫を食べたら、食物連鎖の下部に組み込まれたような不思議な感覚を覚えて、いつか食料危機が来ても乗り越えられるような希望を抱けます。そして何より、常日頃偏食で申し訳なく生きてきたのが、虫を食べたとたん**「幼虫結構おいしいんだよね〜」**などとドヤ顔で語れ、優越感も得られます。こんな歪んだ食意識で大丈夫でしょうか。最後にとって付けたようですが、命をいただいているという思いを胸に、感謝して食事していきたいです。

感謝の思いがあれば苦手な食材もありがたく消化できるはず……。

（注1）日常生活から離れ、おもに泊まりこみで心身をリセットする場のこと

エピソード
12

歩いているだけで「かわいい〜」という叫びが飛び交うパンダの親子。

「パンダ見た〜い！」

上野動物園の子パンダの観覧抽選に外れまくった年末年始。毎回、いいところまで行くのですが、住所など入力したところでインターネットの接続が切れて、また最初からやり直しという叫びたくなることの繰り返しで、4回くらい応募したのですが結局ダメでした。テレビでは高倍率をくぐり抜けて当選した人々が、子パンダに歓声をあげるシーンが流れています。当選したらしき友人のインスタグラムにも、パンダの写真がアップされていました。

パンダや猫や犬、イルカなどの動物は、人間の心を癒やすために使命感を持ってこの地球に生まれてきてくれたような気がします。愛されるために生まれてきたような生き物、パンダ。そこまで熱狂的なマニアではないですが、5年ほど前、和歌山県のアドベンチャーワールドにパンダの赤ちゃんを見に行ったこともあります。今回上野で公開されたシャンシャンよりもずっと小さい赤ちゃんの状態で、ケースの中に横たわっているだけでしたが、それでも異様な愛くるしさが伝わってきました。

パンダの赤ちゃんに付き添っているスタッフの女性が、体型的にもパンダ似だったのが記憶に残っています。パンダの赤ちゃんに警戒心を与えないためでしょうか。パンダへの思いが伝わってきて和《なご》みました。

子パンダの誕生のニュースが流れたあと、じっとしていられず上野動物園に赴《おもむ》きました。前回は子パンダが亡くなってしまうという悲しい一件もあったので……。パンダ舎のシンシン母子のいる場所は、安静のため壁で囲われていました。数年前、動物園でアニマルコミュニケーション（動物とテレパシーで話す）のやり方を教えてもらったことがあったので、上野動物園でひとり試みました。

シンシンに、子パンダの健康状態を尋ねると**「この子は強いから大丈夫」**というメッセージを受信。それでなんとなく安心した覚えがあります。テレパシーとかいって半分妄想かもしれませんが、実際、娘のシャンシャンは元気に育ち、母がなめまくっているからか、肌がピンク色になっているのも萌えポイントです。

抽選に落ち続けたので、満を持して一般公開の初日に行きました。2月からは抽選ではなく先着順になったとのこと。朝7時の時点で40人並んでいて、9時前に600人、という朝のニュースを見て急いで上野公園へ。すると、すごい長蛇の列が見えて一瞬絶望に襲われましたが、ニュースでは1日を通して先着9500人が観覧できると言っていたので、このくらいなら大丈夫そうです。だいたい1000人強でしょうか。「埼京線と東海道線と山手線が止まってて、来るの大変だった」という声が聞こえました。こんな日に限って、電車の遅延トラブルが発生していたようです。

パンダを見るにも一苦労

冷静に考えて、世の中はパンダ中心に回っているわけではないのです……。でもこの場所では世界の中心にパンダが存在していました。「パンダ見た〜い！」。若い女子の叫びが、この場にいる人々の思いを代弁。たぶん、私たちは皆抽選外れ組。連帯感が高まります。

列の中にはパンダのかぶりものをしている人も数人。でも、そんな中「パンダ絶対見ないからね！」と母親に連れてこられた少年が言い張っていましたが……。アウェイの中、言いきれる勇気がすごいです。将来大物になりそうです。並んでいる群衆をマスコミのカメラが横から、そしてヘリで上空から撮影。ニュースに一瞬映り込んだりするのでしょうか。何パーセントかはテレビに映りたくて来た人もいそうです。祭りに参加している感でテンションが上がります。

9時30分になると開園し、列はゆっくり動きだしました。「やっとパンダだよ」「パンダへの道のりは長かった〜」という声が聞こえましたが、まだ始まったばかりです。まず券売機の列に並んで入場券を買い、それから整理券配布所に急いで、時間指定の券をもらったら、今度はパンダ舎前で並ばなければなりません。

10時10分から30分までの整理券をもらったので、指定の時刻にパンダ舎前へ。しかし列をさばききれていなくて、前の回の人がまだたくさん並んでいます。そこから30

姿を見るだけでありがたく幸せに
なるパンダの赤ちゃん
あ〜っ
かわいい〜
インドの聖者を思い出しましたが、もはや
聖獣といっても良さそうでした
見透かされそうな眼
ヘビクイワシ
アジアゾウ
改めて見たら他の動物たちも人間より
威厳が漂っていました。上から目線で動物
を観察するのではなく拝んでいきたいです

分ほど待ちました。一眼レフのカメラを手にした、気合い入りまくりの女性もいます。

これだけの人々の視線を一心に集めて、子パンダは耐えられるのか心配になります。「3エリアにわかれていて、最初にまずビデオ上映があるみたいだよ」とカップルの女子が彼氏に前情報を教えていましたが、たぶん半分フェイクニュースです。

「20人から25人のパケットで入ります。早く入ったからといって、いい所に入れるとは限りません！」。係員の男性が叫んでいました。我先に入ろう

とする群集心理を牽制《けんせい》しています。奥の方からは「あ〜っ！」とか「キャー！」という叫びが聞こえ、パンダのかわいさへの期待が高まります。

やっとパンダ舎の中を歩けることになりました。外の運動場を見ると、いない……と思ったら、室内の飼育室の出入り口からパンダ母子が出てきて、遠目にじゃれ合っているのが見えます。シンシンとシャンシャンは、出入り口の間をウロウロしていました。ただ歩いているだけでも「あ〜かわいい〜！」という叫びが飛び交い、私も無意識のうちに「あぁ……」と嘆息していました。

係員に「前の人との間隔を空けないでください！　まだたくさん待っている方がいます！」と言われて、数十秒しか見られませんでしたが、そのまま出口へ。でも、お母さんのあとをついていくシャンシャン、歩き方やモコモコした体、丸い耳や顔がかわいかったです。

そして外のもう一つの運動場にはお父さんのリーリーがいて、そこは誰でも見放題でした。木のやぐらの上に横たわったリーリーは、微笑んでいるみたいな表情で、娘の人気に満足しているようでした。

「あえて」踊らされているのです

上野動物園は、他の動物のコーナーも盛り上がっていました。トラに「すげーかっこいい〜」と叫ぶ男子や、ホッキョクグマのワイルドな動きに「あ〜っ立った立った〜！」「エンターテイナーだわ〜」とわき立つマダムなど。ついパンダばかりに注目してしまいましたが、他の動物たちも皆個性的です。

それにしても久しぶりに動物園に来ると、大人女子のくせで、ついカフェとか休憩スポットを探してしまいますが、上野動物園は遠い西園まで行かないと屋内の食堂はありません。東園は、野外にベンチがあるくらいで、屋外の厳しい気候で暮らしている動物たちの大変さを体感できます。たびたび都内に雪が降るほど寒い冬、動物たちが寒くないか気がかりでした。

出口に近づくと、もはやパンダ舎の前には全然並んでおらず、整理券もすぐ入手できるし券売機の列もありませんでした。朝のあの騒ぎはなんだったのでしょう。薄々こうなる予感がしていました。早く行かないと見られないかも、と焦って混雑を引き起こす人間の心理。今回も巻き込まれてしまったようです。そして、遠目にチラッとしかパンダは見られませんでしたが、帰ってネットのニュースやまとめで、**他の人が撮ったシャンシャンの写真や動画をじっくり眺める方が見やすかった**、という結末。それも想定内です……。

たまにはメディアに踊らされるのも楽しいです。と、強がってみながらも、極寒の中、小雨に降られたせいで風邪がまたぶり返す予感です。つらいときもパンダの写真を見れば癒やされるはず……。

エピソード
13

「夜10時、繁華街の道には大量のゴキブリが右往左往！」

カマキリ怖い。カマを振り上げられたら人間なのに絶対勝てない気が。

先日「キモかわいい展」を見に行きました。東京スカイツリーで昨年開催された「キモい展」も行ったのですが、そのときの大量のミルワームやゴキブリタワーの衝撃が忘れられなくて……。ガラスケースごしなので安心しながら怖がることができました。インスタ映えの世の中ですが、若いカップルの女子はさすがに撮影を自粛していました。

「キモかわいい展」は、ハダカデバネズミがメイン。アンチエイジングや医療の分野でも注目されている、体毛がほとんどなくて前歯がやたら長いネズミです。そのファニーフェイスを見ていると、だんだん愛らしく思えてきます。ケージの前にずっと張り付いて見ている男性がいて、穴から出てきたら「キタキタキタ〜」と小声でひとり言を発し、動画で撮影してました。

虫も何種類か展示されていました。フンコロガシと呼ばれるスカラベは、後ろ足で曲芸のように玉を転がす姿がかわいかったです。黒くて硬いボディは遠目に見るとゴキブリに似ていますが、なぜゴキブリに感じるような生理的な嫌悪感が生じないのでしょう。

青い脚が鮮やかなブルーレッグオオムカデや、びっしり毛が生えたグリーンボトルブルータランチュラ、うごめく中に光沢感があるレインボーミリピード（ヤスデの仲間）、緑色のグリーンバナナゴキブリには、申し訳ないけれどゾクゾクしてしまいました。人間が勝手に生き物を捕まえてきて見世物にして、キモいとか言って失礼な話ですが、でもキモいものは仕方ありません。

なぜ、キモい虫とキモくない虫がいるのか、世の中は不公平ですが、少女時代もテントウムシは全然手に乗せられたのに、ミミズやアゲハチョウの幼虫、カマキリやゴキブリなどは嫌悪していた記憶があります。

ゴキブリとカマキリの共通の祖先（というのも恐ろしいですが）プロトファスマは、古生代石炭紀にすでに生息していました。20万年前に出現した人類より昆虫の方が大先輩で、この先、人類が絶滅しても、ずっと昆虫たちは生き残るでしょう。そういうこともあって、人間は、しぶとくて得体の知れない昆虫に対して本能的に畏怖《いふ》の念を抱いているのかもしれません。「昆虫宇宙起源説」というのもあり、カマキリのように、ETっぽい顔の昆虫などもいて恐怖心をかき立てられます。

芋虫系に関しては、昔住んでいた飯能市でよく道に大量にいた姿が忘れられず……。子ども時代、テレビに芋虫が映って「きもち悪～い」と言ったら父に「好きで気持ちが悪いんじゃないんだぞ！」と叱られた思い出が。当時、父は虫の方に感情移入したい心境だったのでしょうか……。

虫への叫び、ありますか？

周りの方に、虫への心の叫びについて聞いてみました。編集者のAさん談。

「虫といえば、私は物心ついたときからカマキリがぜんぜんダメで、カマキリの姿を見つけただけで、悲鳴をあげたくなります。ましてやカマキリが羽を広げたり、お腹を見せて死んでいたりしたら、ゴキブリの比ではなく叫びます（心で）。

ゴキブリはスリッパで叩けますし、死骸は布や紙でつかめば手で処理できますが、カマキリの死骸はほうきで掃くこともできません。とにかく、あの顔、手（カマ）、ふくらんだお腹（自分のもふくらんでますが）、そして、メスがオスを食べることなど、ぜんぶダメです」

私もカマキリが怖いのでよくわかります。カマを構えて向かって来られると、人間なのに絶対勝てない気がしてくるのです。ただ、以前退行催眠で自分が宇宙人だった過去生を見たとき、そのうちの一つがカマキリっぽい顔だったのがちょっとショック

虫といえば先日近所で見かけた
不思議なシーン
休日の朝、おばあさんと孫らしき少年が
ダンゴムシは
触ると丸く
なるんだよ
はんてん姿
しばらくしてふり返ったら
姿はなく……
都心ではんてん？
しかも初夏に？
と、あとから違和感が……
その後、地震が発生したので
「ダンゴムシのポーズ」で乗り切る
ように教えにきてくれた異界
の存在だったのかもしれません

でした。広い宇宙、カマキリ型宇宙人はたぶん存在していて、カマキリが大の苦手という方は、その**カマキリ星で不遇な人生だった**のかもしれません。

「うちはこの季節GじゃなくてNが出るんです」と話すのはKさん（30代女性）。ネズミのこと？　と思ったら「ナメクジ」だそう。首都圏の一軒家で、湿度が高くなると、お風呂場などにときどき出現するそうです。

なめ子を名乗る身として一瞬ドキッとしました。でもそのお気持ちわかります。

「一軒家だからでしょうか。梅雨の時期はひどいときは毎日出ます。そのために割り箸をたくさん買っておきます」

素手で触るなんてもってのほかで、ティッシュだと感触がわかっていやなので割り箸でつかむのがベストだということになったそうです。

「そして外に放り投げます」

「塩をかけたりしないんですか?」

「その場で縮まってもイヤじゃないですか。ビールを容器に入れて置いておくと引き寄せられるって聞きますが、それもちょっと」

「カタツムリだと風流なんですけどね」

「殻があるとないとでは全然違いますね」

Kさんは生け捕りにして逃がしてあげているので、博愛精神が感じられます。私も、ゴキブリを見つけたら上から紙コップでパッと捕えて下からすっと紙を通して密閉。ベランダに放って、どこかに行ってくれるのを待ちます。博愛というより死体を処理したくないという気持ちです。ゴキブリなど害虫を、ためらいなく殺せる派と不殺生派にわかれるようです。

20代女性Oさんの体験談は……。

「東北の田舎育ちなので、だいたいの虫は平気なのですがゴキブリだけは苦手です。どうしても自分で処理できなくて『なんでも屋さん』を呼んだこともあります。深夜料金プラスで9千円もかかりました。

G対策のためなら金に糸目はつけないことにしています。ブラックキャップやアースレッド、ゴキジェット……。最近『アースレッドプロα 効きめ最強』という業務用としても使われるものを使いましたが、かなりの効果でした」

というお話。叩いたりするより煙の方がこちらの精神的負担は軽いです。

友人の強者《つわもの》の女性Tさんは、

「靴なら踏みつぶせます。はじめてゴキブリを靴で踏んで退治した10代の頃から、ずっとそうやってます。逆に靴がないとどうしていいかわからない」

と淡々と語っていました。割り切ると平気になるのでしょうか。ゴキブリは頭が良さそうなので、下手に殺生したら来世復讐されるのが怖くて、私は踏みつぶしたりできないのですが……。

思い出の中で勝手に増殖する虫たち

ところで先日、香港に出張する機会がありました。同行の女性編集者の方が、九星気学を勉強していて、出発時空港で宣告されました。

「今日は西南は五黄殺でしかも辛酸さんは暗剣殺ですよ。トラブルに見舞われたり、最悪は命を落とすことも……」

とにかく最凶の方角だそうで、恐怖と警戒心で身が引き締まりました。

「土地の気を持って帰らないようにするためお土産はあまり買わない方が良いです。慎重にいきましょう」

と注意され、出張中はそこまで物欲や食欲に走らず、粛々《しゅくしゅく》と仕事の行程をこなしました。おかげで、ホテルにヘアブラシがなかったくらいで、ほとんどトラブルはなかったのですが（帰国してから、いつも通る道に十数分前に車が突っ込んだとか、謎の唇の炎症と腫れが発生したとか、プチ災難はありましたが……）、1個だけ恐怖体験が。

夜10時頃、繁華街を歩いていたら、道路に黒いものが行き交っているのが見えました。なんと**通る道を大量のゴキブリが右往左往している**のです。皆叫び声を上げ、発狂しかけながら、黒光りする虫を避けて走り抜けました。「インディ・ジョーンズ」で大量の虫がいる通路を通ったときのような感覚です。やはり凶方位はあなどれません。

そのときの冒険談が自分の中で盛られていき、多分そこまで大量のゴキブリじゃなかったのですが、人に話すときは、もうすごい大群に襲われたくらいに盛って話して、相手を叫ばせることに快感を得ています。自分の思い出の中で虫が勝手に増殖していくようです。

エピソード14

「揺れますか?」「揺れますが大丈夫です」

機体が壊れるかと思うほど、リアルに叫びたくなる飛行機の揺れ。

日本は台風国だからしかたないのでしょうか。最近も、出張と台風が重なって、不穏な予感がしていました。台風の進路と、帰りの便を照らし合わせると、上空で台風を追いこすことになりそうです。ということは暴風域に……?

出発地の徳島空港に行くと、搭乗する飛行機は遅れているようでした。地上勤務員の女性に「飛行機揺れますか?」とおそるおそる聞くと、「たぶん揺れますが大丈夫です」とのこと。「揺れるといってもそんなに揺れないですよね」と、自分に言い聞かせるようにつぶやき、飛行機に乗り込みました。

スムーズに離陸、というわけはいかず、羽田から離陸指示が出ないとのことで数十分待機。あらかじめ揺れを予測し、冷たい飲み物しか出せないというアナウンスが。これはガチだな、と緊張しました。

こんなこともあろうかと、イルカの形のパワーストーンのお守りを持ってきていました。話せば長くなりますが、私についている高次元イルカの守護霊、ヌルランという存在が、以前乱気流のときに飛行機を押さえてくれていたビジョンを見たことがあったのです。今回も**「ヌルラン、頼みます」**という思いでパワーストーンをにぎりしめました。

しばらくして飛行機が揺れはじめると、ＣＡさんの「皆様、今日はこのような揺れの中、飛行してまいります」という無情なアナウンスが。そんな宣言をされ、逃げ場がない感じで、そのあと次第に揺れが激しくなってまいりました。イルカの守護霊も台風には逆らえないようです。

さらに機長からのアナウンスで、「台風のため羽田空港が混雑していて、管制塔が処理できない状況です。30機、待機しています。このまま紀伊半島上空でしばらく空中待機します」という悲報がもたらされました。空中待機？　ホバリング的なことでしょうか。燃料は持つのかなど、心配がよぎります。しかも待っている間に台風がどんどん関東に近づいてしまう……。

そんな懸念が現実のものとなり、後半の揺れも激しかったです。ガタガタという大きな音で飛行機が壊れるんじゃないかと思うほど。ときどき体が浮き上がり、悲鳴が上がっていました。タテ揺れヨコ揺れナナメ揺れ、いろいろな揺れがミックスされています。恐怖ではなく仕事に意識を集中し、何とか切り抜けました。

やはり台風の雲の中に入ってしまうと、揺れは不可避です。着陸後「飛行機　台風」でツイッターを検索し、この日飛行機に乗っていた方々の揺れの報告を読んで、気持ちをシェアしました。羽田に降りられず引き返した飛行機もあったようなので、まだましだと思えます。

今回運悪く激しい揺れに遭遇してしまいましたが、帰宅後、手帳を見てハッとしました。前回出張のとき、手帳の予定日に「飛行機安定」と引き寄せの法則のように書いていたら、実際ほとんど揺れなかったということを思い出しました。今回は書くのをすっかり失念していました。それも台風の圧力のせいでしょうか……。

クラブ気分でノリノリに

リアルに叫びたくなる飛行機の揺れ。手帳に「飛行機安定」と書く以外にも、これまでさまざまなことを試してまいりました。

例えば今回もちょっと試したのは「ハリウッド映画のノリになる」ということ。よくアクション映画で銃撃が始まるときに「これからパーティが始まるぜ！」と叫んだりしますよね。

そんな粋なセリフを心の中で叫んでみれば、ヒーロー&ヒロイン気分で揺れに立ち向かえます。テンションの高さはそんなに持続しないのが難点ですが……。

「クラブ気分で乗り切る」というのは、何年か前、宮崎からの帰りに体得した方法です。その便は夜で、ＪＡＬのボーイング７３７だったのですが、内装がやたらおしゃれでした。夜は照明がブルーライトだけになってクラブのような雰囲気に。曲を聴きながら、飛行機が揺れてもノリノリになっているような錯覚を得られました。

飛行機の内装でいうと、スターフライヤーもかなりおしゃれで、黒っぽい内装でBGMはジャズだったりして、こちらも揺れから気をそらせました。

「CAさんに意識を合わせる」というのも有効です。どんなに揺れても落ち着いた表情で立ち働くCAさんを見ると、緊張も和らぎます。乗客を安心させるための作り笑顔なのかもしれませんが……。ただ本格的に揺れるときはCAさんも着席してしまうので不安が再燃します。ちなみに今回は恐怖を軽減させるためiPadでイラストの仕事をしていたら、通りすがりのCAさんに「上手ですね」とホメられ、なごみました。

「機長の声を聞いて安心する」というのもあります。挨拶の声がしっかりしていて気力も知性も充分そうだと、安心して命を預けられます。離陸、着陸がスムーズだったりすると、心の中で「佐藤、グッジョブ！」とホメたりして、応援の波動を送っています。

ちなみにこれまでの経験では、カンボジアに行ったときのタイまでの飛行機と、インドの往復便がほとんど揺れずにスムーズでした。聞くところによるとタイやインド

は空軍出身の、スキルが高いパイロットが操縦しているとか。航空会社選びのとき、念頭に置きたいです。

「乗客に死相が出ていないかチェック」というのは、飛行機恐怖が激しかった頃に意識していました。同じ飛行機に乗り合わせる人々の顔や雰囲気を見て、黒いもやをまとっていたり、影が薄くなっていたり、暗い表情をしていないか見て、異変を感じたらキャンセルも念頭に置きます。

　乗客の運気は大丈夫そうでも、先日インドから飛行機に乗るときに、ロビーで坂本九の「上を向いて歩こう」が流れてきたことがあって、一瞬フラグが立ったのかと思いました。坂本氏は飛行機墜落事故で亡くなられています。思わず覚悟してしまいましたが、何事もなく良かったです。

揺れないと物足りなさも

また、基本的ですが「祈る」行為の効果も無視できません。飛行機が揺れ始めたら、守護霊に、神様に、宇宙人に祈っています。このくらいの揺れで済んで良かった、と思うようにして、感謝します。ただ、祈っているのが周りに伝わると、他の乗客を不安にさせてしまいます。

数年前に飛行機が乱気流で成田に緊急着陸したニュースがあり、死の危険を感じて「I love my family!」とスマホに向かって叫ぶ人の映像を見たことがありました。そんな人が近くにいたら、恐怖MAXで正気ではいられないでしょう。感情表現の激しい人が叫んだり、悲鳴を上げたりして恐怖を伝播《でんぱ》させてしまうという面も否めません。

「飛行機に慣れきっているジェットセッターのセレブを思う」というのも効果的です。パリス・ヒルトンやテイラー・スウィフトなどのインスタには、ジャンボ機より小さくて揺れそうなプライベートジェットに乗っている写真が出ています。

日本では、社長令嬢で毎月数回海外に行っているセレブ小学生のＬａｒａちゃんとか。彼女たちが余裕で乗っている姿に励まされます。ふと、勇気と経済力は比例（遺伝子的にも）するのではないかという考えが浮かびましたが……。

「恐怖につながらない」というのも重要です。仕事や映画、音楽に意識を向けたり、マントラや真言を唱えたり……。怖い怖いと思っていると頭が恐怖でいっぱいになって、鉄の塊が飛んでいるなんて信じられない、と不安が増大。少しの揺れでも大きく感じるようになってしまいます。

さらにそのトラウマで飛行機恐怖症になって、以降も揺れる飛行機を引き寄せてしまいます。私は揺れても機内で原稿を書いたりして、恐怖につながらないようにしています。

これまで、このような方法で臨機応変に乗り越えてきましたが、**全く揺れないとそれはそれで物足りなくなってしまいます**。揺れによって、エコノミー症候群を軽減させる効果があったような……。やはり人間に適度なストレスは必要なのでしょうか？　揺れてほしくないけど、揺れてほしい、そんな運命に対するM心が芽生えます。

エピソード 15

「レントゲンでも……」という医師を声で威圧して検査をスルー。

「いい大人なのにすみません」

病院にはトラウマがあります。診察室に呼ばれていって、深刻な表情の医者から悪いことを告げられるという、そんなことが何度かありました。

母の付き添いで行った病院でのことです。手術が終わるのを待っていた不安な時間。再発や転移に対する恐れ。消えてゆく心拍数のモニターをなす術もなく眺めていた臨終。当時の感情がフラッシュバックのようにときどき現れ、あのときもっとこうするべきだった、とどうすることもできない過去のことを悔やんでいます。病院に行くときはいつも気が重かったです。その暗い表情を母の前では抑えていました。

最高の知能を持ったお医者さんたちの放つポジティブオーラでも、病院にうずまく負の念には太刀打ちできていませんでした。

人と健康診断の話題になり、人間ドックなどの検査に行っていないと言うと驚かれたりします。人間ドックという単語がまず怖いですし、よほど自覚症状がない限り、過度の検査は体に悪いように思います。検査結果が出るまでの不安な時間がストレスをもたらします。過剰診断で不要な苦しみを与えられるという問題も言われています。**検査しなければ何も見つからない、イコール病気は存在しない**、という量子力学的な考えでいきたいです。

最近受けた検査というと、怖くなさそうなアンチエイジングクリニックの血液検査、霊能力がある整体の先生の霊視（自律神経が不調とか言われました）、気功師による診断（筋腫《きんしゅ》と虫歯があると指摘）、アメリカ人のサイキックの霊視（めまいがするのは部屋に微量のガスが漏れているからと鑑定）、鍼灸院（血の巡りが悪いと言われました）、アーユルヴェーダの医院（血が濁っていると言われました）など、西洋医療を避けて通っています。医者の叔父やいとこには申し訳ないのですが……。

長引く咳。ついに内科へ……

でも、先日久しぶりに内科の診察を受けました。1月、2月と重い風邪で、治りかけたと思ったらこじらせたり、ついには咳が2週間ほど止まらなくなって、夜に呼吸困難を起こすほどでした。健康だった日々を懐かしむくらい、咳の終焉が見えなかったのです。白魔術的な、アロマやはちみつ、バームなどを試したのですが、なかなか改善しませんでした。

自分だけなら良いのですが、取材中などに咳き込むと人様に迷惑をかけてしまうので（実際にテレビの収録中、激しい咳で吐瀉《としゃ》寸前までいき、現場が変な空気に……）、なんとかしなければと近所の医院へ。「風邪をこじらせ咳が止まらないんです」と訴え、心音を検査されて、口を開けて喉をチェック。舌を抑える器具が、子ども時代の記憶では金属だったのが、使い捨てのアイス用スプーンみたいな素材になっていたのが意外な発見でした。

そして同年代か年下かもしれないお医者さんに「咳が続いているそうなので、レントゲン検査でも……」と言われたのですが「ええっ!?」と大きめの声を出したら、彼はひるんで「やめておきますか」と、検査はスルーすることができました。

医者を声で威圧。年を重ねて新しいステージに到達したようです。インフル検査もその勢いで断って、薬だけもらって医院をあとにしました。さすが西洋医学、咳止めは最初の2日くらい効果がありました。

3月に入り咳が一段落ついて安穏としていたら、歯医者にずっと行っていなかったことを思い出しました。歯の検査中、咳き込んだら危ないと思って先延ばしにしていたのでした。西洋医学が苦手な私ですが、なぜか歯医者は定期的に検査とクリーニングで訪れています。

虫歯ができやすく、今まで何十本治療したかわからないほど。しかし歯医者もトラウマで、幼稚園児のとき、長時間口を開けられないでいたらおじいさんの怖い歯医者に猿ぐつわのようなものをハメられて治療された恐怖が残っていて、たまに気持ち悪くなってしまうのです。

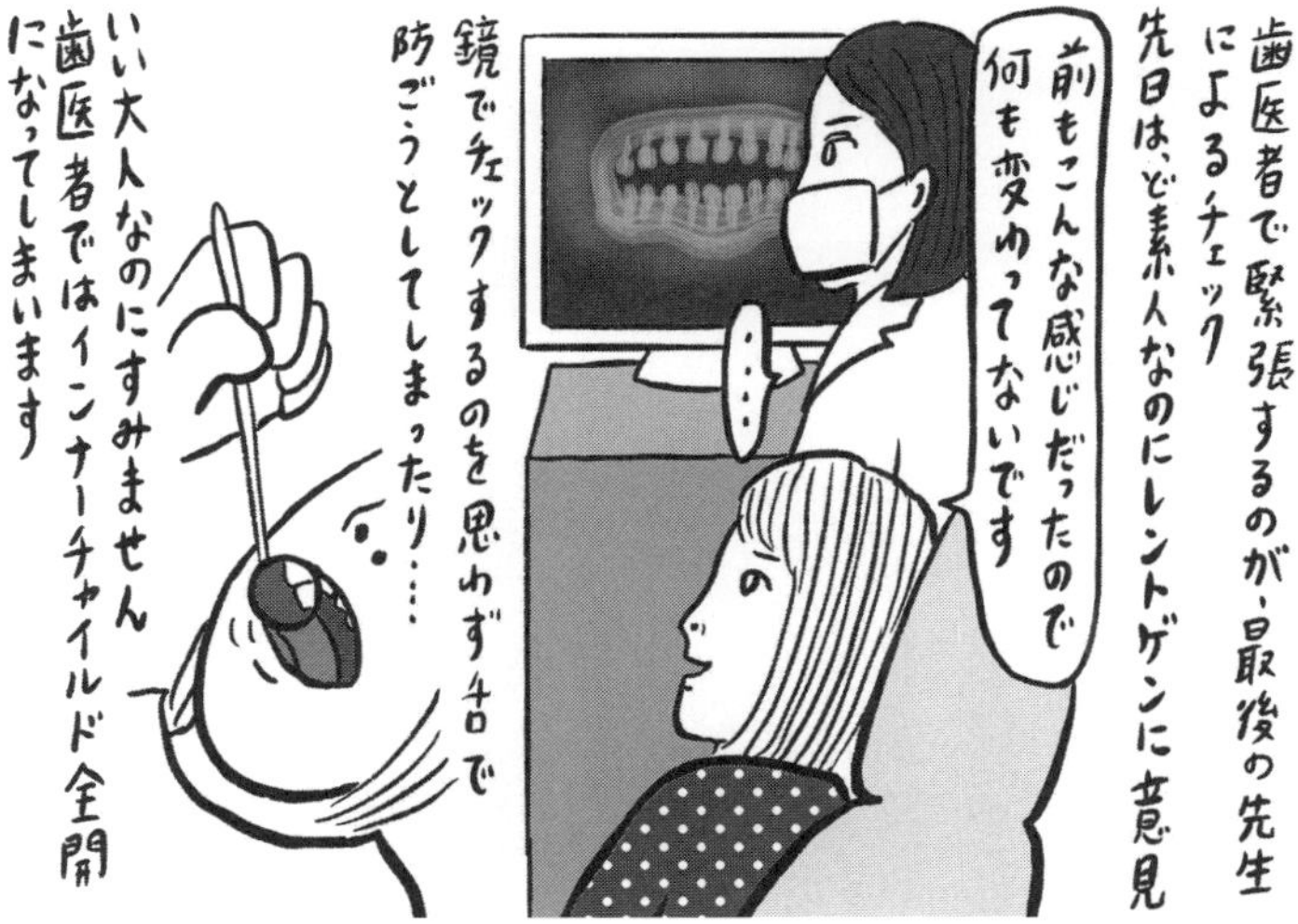
歯医者で緊張するのが、最後の先生
によるチェック
先日は、ど素人なのにレントゲンに意見
前もこんな感じだったので
何も変わってないです
……
鏡でチェックするのを思わず舌で
防ごうとしてしまったり……
いい大人なのにすみません
歯医者ではインナーチャイルド全開
になってしまいます

ちなみに最近の調査では、虫歯を持つ子どもの割合は年々減少していて、昔は9割だったのが、今は半数以下だそうです（幼稚園児35％、小学生47％）。虫歯人間はもはや旧人類です。オーラルケアへの意識が高まったからだと言われていて、たしかに電動歯ブラシなど普及していますが、それだけでしょうか。

不満や鬱憤《うっぷん》が虫歯を引き起こす？

病気と思考パターンや潜在意識との関係について書かれた本で、興味深い内容のものが何冊かあります。スピリチュアル系書籍出版社のオーナーでヒーラーの女性による著書『ライフ・ヒーリング』（ルイーズ・L・ヘイ著／たま出版）によると、歯のトラブルの原因は「優柔不断な状態が長く続く」などで、「真理に基づいて決断する」新しい思考パターンで良くなるそうです。言われてみると、私はたしかに決断せずだらだらやりすごしがちでした。

『病気は才能』（おのころ心平／かんき出版）は、ボディ・サイコロジストの著者が長年のカウンセリングで得た気づきを書いた本で、こちらも数々の病気と心の要因が一覧できます。

「虫歯」は「ゆらぐ正義感、他人をののしりたい気持ち。自分への攻撃」というのが「潜在的なココロの課題」だそうです。これにも思い当たる節が。「自分はダメだ」とか「生きる価値がない」とか思いがちでした。

さらに虫歯の章には「『酸』とは攻撃力」「虫歯ができやすい人は、一見、周りの人にやさしい人です。でも、それは本当にやさしい人というよりは、他人の矛盾や傲慢《ごうまん》を、ただただ我慢している結果なのです。世の中の矛盾に対する感度が人一倍強いのにもかかわらず、自分なりにそれを消化する手段がないため、周囲から『決断力のない人』と見られていました」とあり、そして本人の心に、表に出せない思いがたまり、虫歯の温床に……。

ルイーズさんの本の「優柔不断」とちょっと共通するところがあります。この本のように、理不尽なことがあっても、面倒くさいから抗議せず、自分の中に抑えてしまっていました。

行き場のない鬱憤が酸という攻撃力で歯のエナメル質を傷つけていたのでしょう。自分の中にため込まず、独り言や文章などで発散していきたいです。

病院に行った日は「ごほうびデー」

歯のトラブルと心の関連はなんとなくわかりましたが、検査とクリーニングには行かないといけません。久しぶりの歯医者だと、緊張感が高まります。前回から日が空いていたので、レントゲン撮影をするように言われ、おののきました。レントゲン室に入り、顔の周りを機械が一周するまで震えながら待機（このときの震えのせいか写真の顎《あご》のラインがおばあさんっぽくなっていてショック）。

その後、診察スペースで歯科衛生士さんによるクリーニングを受けました。美人歯科衛生士さんの前で汚れた口を開けるのが申し訳ない気持ちです。数十分のクリーニング中、なんとか意識をそらし、仕事の案について考えたりしていましたが、やはり施術の方に意識がいってしまいます。後半、気持ち悪くなりかけました。大天使ラファエルやヒマラヤ聖者のことを考え、ホーリーな光を感じて少し持ち直しました。

こんなとき効果的なのは、もっと大変な処置をした知人の体験談です。知り合いの女性が、歯の矯正を大々的に行なって、上顎にドリルで穴を開けてインプラントを打ち込んだ、と言っていた話を思い出しました。「歯肉の穴は数日放置したらふさがりました。上顎は麻酔なしでも痛くなかったです」という強者の言葉に励まされます。

また、以前取材したホストの男性が、全ての歯を（虫歯ではないのに）一回り削ってジルコニアをかぶせた、と言っていたことも思い出しました。「超痛かったです」と輝く白い歯を見せながら話していました。彼らの勇気をリスペクトします。そして少しわけてほしいです。

今回は虫歯が発見されず安堵。毎回恒例ですが、歯医者の帰りに自分へのごほうびとして服やアクセサリーを購入。銀座の歯医者を選んで良かったです。ひそかに**歯医者で経済回っている説**を提唱しています。

エピソード16

猛暑、豪雨、台風、地震……世界的な異常気象。

「私が何をしましたか？」

なぜ、こんなに神は人間をサディスティックにいたぶるのか……と、天を仰ぎたくなるほど、このごろは気候変動が激しいです。「異常気象が続き、記録ずくめの夏になった」と、気象庁が総括しているほど。2018年の夏、東日本の平均気温は統計開始以来最も高く、熱中症で運ばれた人も過去最多となったそうです。猛暑だけでなく豪雨や台風、地震まで……。どうしたらいいかわかりません。

災害で犠牲になった方のご冥福をお祈りいたします。そして家が壊れるなど被害に遭った方々が少しでも平穏に暮らせることを願います。祈るぐらいで何もお役に立てなくて申し訳ありません……。

世界的にも、世紀末的な異常気象が続いているようです。たまにチェックする「地球の記録 アース・カタストロフ・レビュー」というサイトの見出しだけ見ても、「スペイン中部トレド州で、同州では歴史的に一度も起きたことがない壊滅的な洪水が発生」「クリミア半島の黒海沿岸に超悪天候と共に出現した真夜中の壮絶なウォータースパウト（水竜巻）」「フランス全土が超悪天候に見舞われ『12時間で10万回の落雷の直撃』を受ける」「イタリア北部の複数の場所で8月終わりから雪が降り、9月1日には完全な雪景色に」……と、人類はそろそろ滅亡しそうな勢いです。

子ども時代の夏の思い出……縁側に座って蟬の声を聞きながら蚊取り線香の横でスイカを食べた、のどかな夏はもうどこかに行ってしまったのでしょうか？　去年まで、私はほとんど冷暖房をつけていませんでしたが、今年の夏はさすがにヤバいと思い、ときどきエアコンをオンさせていただきました。

部屋で仕事をしていたら、体がピクピクと痙攣《けいれん》しだし、最初は霊に肩でも叩かれているのかと思ったのですが、おさまらず……。ちょうどテレビで熱中症特集をやっていて「熱痙攣」という症状があることを知り、急いでエアコンのスイッチを入れた次第です。

しかし一歩外に出ると、暑さに加えて湿度がひどいです。**湿度70パーセントを超えると、道を歩いていても泳いでいるような錯覚に。**もはやここは水中……。泳げない私でも疑似水泳感を得られます。

大雨の責任のなすりつけ合い

さらにゲリラ豪雨にもときどき見舞われています。豪雨で濡れただけでも、平和な街が一変して見えます。周りの友人・知人からも「ゲリラ豪雨で3万円のスニーカーが汚れてしまい、大ショック」「地面から跳ね返ってくる雨でビショビショの貞子状態に……」といった報告がありました。

自分が外を歩いているときに限って雨が強くなり、室内に入ったら雨が止んだ……そんなときは何かのバチが当たったのかと、最近の行動を思い返してしまいます。

「私が何をしましたか?」と天に向かって叫びたくなります。

あとは取材で大雨に見舞われたとき、責任のなすりつけ合いが始まったりするので油断できません。先日も取材先で前日は晴れていたのに次の日から大雨になってしまい……。編集者の女性があとから加わった3人に向かって、**「私たちは晴れ女なので、今日参加した誰かのせい」**と言い放ち、雨男・雨女呼ばわりしていて、ハラハラしました。悪者にされがちな雨男・雨女ですが、水不足のときは重宝されそうです。

公園フェスが好きでよく行くのですが、日比谷公園で開催されたインドネシアフェスも、会場に着いたとたん大雨に。ステージイベントは中止になり、物販のテントが雨宿りの場になっていました。インドネシアからわざわざ来日してくださって、こんな天候になって申し訳ない、という思いで、大雨の中ブースを回りました。

ときどき、テントの屋根にたまった水を棒などで放出する、ザバーッという音が聞こえます。すでにテントを閉めて帰ってしまったところも。

そんな中、テントの中で子どもたちが歌を歌う声が聞こえてきました。清らかで透明感のある声の、美しいハーモニー。インドネシアで有名な曲なのでしょうか。歌は、つらい状況を乗り越える力を与えてくれるようです。

私は靴下がグショグショになったくらいで動揺し、平常心を失いかけました。東京ミッドタウン日比谷に替えの靴下を買いに行ったら、ほとんど靴下が売っておらず、館内をさまよいました。

インドでも暴風雨を経験

今の日本の激しい気象の予兆のようなものを、3年前インドで体験しました。インド中から聖人が集まる「クンブメーラ」でのことです。

数年ごとに何カ所かを巡るお祭りで、その年はウジャインという聖地で開催されました。何の因果か会期中にたびたび暴風雨が発生し、いくつかのテントが倒れ、死人が出てしまったというニュースが。

私が泊まらせていただいていた、ヨグマタ相川圭子さんとパイロットババさんというインドでも有名な聖者のテントは頑丈な作りだったので倒れませんでしたが、雨がすごくて水漏れし、床上浸水を体験。雹《ひょう》や飛ばされてきたものがテントに当たる音に恐怖を感じていたら、ヨグマタさんが皆を集めて、昔の日本での台風のサバイバルの思い出などを笑顔で語ってくださり、皆を落ち着かせ、恐怖心を和らげてくださいました。天変地異のときは、落ち着いている方が一人いると少し安心できます。

一方で浸水したときに「この水から何か病気に感染するかもしれない！」と叫んでいる人がいて、デマが伝染しパニックを誘発しそうでした。過度に恐怖を煽《あお》るのも危険です。そもそも聖地の水なので東京の水よりはきれいだったかもしれません。湿度と高気温で熱中症になったりと、このときの体験でちょっと強くなれた気がします。

日本で豪雨や猛暑が発生しても「インドであれを経験してるから……」と**インド風を吹かせて**、若干疎《うと》ましがられ気味に……。思い出が盛られ、プチ災害が大災害くらいになっています。とはいえ聖者のエネルギーの結界で守ってもらえて無事だったのはありがたいです。

自然よりも恐ろしいもの

守られた空間といえば、先日、とある雲を六本木ヒルズから目撃してしまいました。美術館を訪れたあと、ちょっと時間があったので展望台に立ち寄ったのです。夕日が沈みかけている時間帯で、多くの人は夕日と富士山が見える側の窓から景色を眺めていました。日没を動画で撮影している外国人観光客も。

夕暮れの美しい景色に見とれていたら、叫び声がしているのに気付きました。「ああーっ！」「わーっ！」と断続的に声が聞こえる窓辺に行くと、窓の向こうに「それ」がいました。かなとこ雲と呼ばれる巨大積乱雲です。「天空の城ラピュタ」に出てくる「竜の巣」にそっくりな雲だと、あとでＳＮＳでも話題になった雲です。雨が降っている場所がわかるアプリを立ち上げると、埼玉の久喜市、越谷市あたりに豪雨を降らせていたようです。その異様な存在感に目を奪われました。

雲の内部で稲妻が光り、そのたびに見ている人から叫び声が上がっていました。天

六本木ヒルズの展望台から巨大な
かなとこ雲を目撃
ピカ
一眼レフで撮りまくるおじいさん
ワーッ
光る度に叫びが起こっていました
あとで撮影した写真を見たら……
光った瞬間
ゴロゴロゴロ…
雷神のようなシルエットが！雷様は
実際にいらっしゃるのかもしれません

からの鉄槌《てっつい》のような恐ろしい稲妻に、私も知らず知らずのうちに叫び声を発していました。その様子を夢中で撮影する人々。稲妻の瞬間を撮影するのは難しく、この不穏な雲と波長を合わせないと撮れない感じです。

やっと撮れたら、隣でシャッターを切りまくっていた橋本大二郎似のおじいさんがやんごとなき笑顔で「いいものが撮れましたね」とほほえんできました。おじいさんはもしかしたら、天候の異変をキャッチして撮影に来る異常気象マニアなのでしょうか……。

かなとこ雲を眺めながら優雅にお酒

を飲んでいる人々もいます。**その雲の下では、豪雨で大変な状況だというのに……。**

自然現象をまるでショーのように眺めていた自分を反省。自然と同じくらい人間の心が恐ろしいです。現実は内面を反映している、と言われます。まず人間の殺伐とした心を穏やかにすることで、自然現象も平穏になっていくのかもしれません……。

エピソード17

逃げる人々を追いかけて火の粉をまき散らす阿鼻叫喚の「ケベス祭り」。

「めっちゃ熱い！ めっちゃ怖い」けど「楽しかった〜」

過去世、魔女で火炙《ひあぶ》りの刑に処されたのかと思うほど、火が怖いです。この年になってもマッチがすれません（チャッカマンならOK）。脂に引火するのが怖くて、もうずっと焼肉屋に行っていません。フランベとか、料理で火炎が出ても動じていない人はすごいと思います。

それでも大人としてなんとか克服しなければと、荒療治をしたことがあります。根性焼き……とかではなくて、火祭りです。6年ほど前に参加したのは、都内の秋葉神社の「火渡り神事」。火難守護のお札を持って、塩で足を清め、ところどころ火が燃えている炭の上を裸足で歩きます。ご利益は無病息災と防火です。宮司さんに「今までヤケドした方はいないんですか？」と念のため伺ったら、**「いません」**と即答されました。

敷地内に結界を張り、行者さんが生木に点火、豪快に火を燃やします。火の勢いがおさまってから地面をならし、火の上を渡ります。最初に行者さんが歩いているときはかなり熱そうでしたが……。続いて地元の人、最後に一般参加者なので、私が渡る頃にはもうそんなに熱くなくてホッとしました。むしろ、裸足で砂利を歩いたことの方が軽くダメージでした。

行者さんにあとで話を伺ったら、「熱いという懸念が先に立つから、それを抜かすだけです」と達観したように答えられました。恐怖心や過度の不安が、熱さやヤケドを引き寄せてしまうのかもしれません。

２０１８年にも火渡りに参加しました。高尾山で開催された「高尾山火生三昧火渡り祭」です。真言密教加持の極致である御護摩を体験することで、息災延命、災厄消除などさまざまなご利益があるそうです。ヒノキの葉がうずたかく積み重なっているところに点火。秋葉神社以上の激しい火炎で、白煙が発生し何も見えません。祭りなのか災害現場なのかわからなくなってきました。山伏さんたちが活躍し、炎の周りを走り回り、護摩木を投げ込んでいました。

しばらくして鎮火してくると、火渡りタイムになりました。足を塩で清めてから渡り、足の裏自体はそんなに熱さを感じなかったのですが、くすぶっている煙が熱く、目も痛いです。あとでそのときの写真を見たら、自分の顔のパーツが半分溶けているようで、儀式で邪気が噴き出した瞬間みたいでした……。熱さと煙の中を進むのは避難訓練のようでした。あとで若い山伏さんに「熱くないんですか？」と聞いたら、さわやかな笑顔で「めっちゃ熱いです！」と答えられました。山伏も人間でした。

起源不明、狂乱の奇祭へ挑む

火渡りの儀式に2回も参列し、もう自分は火渡り上級者くらいに思ってしまっていました。でも、今までの火渡りは、本当に安全で守られた空間だったのだと実感させられるような、想像を絶する火祭りがあることを知りました。

それは……「ケベス祭り」。大分県の国東《くにさき》市国見町《くにみまち》の櫛来社《くしくしゃ》（岩倉八幡社）に伝わるお祭りで、木のお面をかぶった「ケベス」一人と、白装束の「トウバ」10人ほどが火を巡って争い、最終的にたいまつで参拝客に火の粉がぶちまかれるという危険な儀式。起源や由来は一切不明だそうです。火の粉を浴びれば無病息災だとか。

大分県のアートイベントの取材に泊まりがけで行き、その日の夜に祭りに初参加しました。ほとんど下調べなしで行ったら、取材を案内してくださる女性から、「これをかぶれば火の粉がよけられますから」とタオルが配られました。

「フリースや化学繊維の服だと火の粉で穴が開くので注意してください」。えっそんなに……？　前日六本木ヒルズで買ったばかりのニットを着ていたので、緊張感が高まりました。しかし「ケベス祭り　ヤケド」とかで検索しても出てこないのが不思議です。そんなに火の粉が降り注ぐ祭りで、皆、無傷なんてことあるのでしょうか？　聖なる炎だからでしょうか。**「悪い人はヤケドする」**なんて身もふたもないことが書かれているのも発見しました。

火の粉をかぶると無病息災のご利益がある
という奇祭「ケベス祭り」
ワー
逃げると追われる
背の高い人の後ろに隠れて縮こまっていました。
人を盾にする
という罪深い行為を……
無病息災どころかその後ひどい風邪に。
やはり神様には見られていたようです……

夜になり、会場の岩倉八幡社へ。境内の売店の女性たちに、どんな感じか伺ったら、「熱いと感じる余裕なんてないくらいですよ。髪の毛が焼けないよう気を付けてください」とアドバイスをいただきました。ガチ感が濃厚になってきました。

　警官が会場をパトロールしていますが、ぶらぶら歩いている感じで、火の粉から市民を守ってくれたりしなさそうです。治外法権の祭り空間……。火への恐怖がこみ上げます。それなのに境内は参拝客で大混雑。皆さん火の粉が怖くないのでしょうか？　よく見たら、燃えても良いような部屋着っぽい格好の地元民が多いような……。

暗い中、境内で儀式が始まり、小一時間ほどは、トウバとケベスが火をめぐってやり合う場面が展開。その間、一人のトウバがたいまつを持ってゆっくり境内を一周しました。ああ、こんな感じか、と油断しかけましたが、それはほんの序章でした。

ケベスが火を奪うと、トウバまでが荒ぶるキャラに変身。十数人がたいまつに火をつけると、参拝者の方に向かってきました。

「キャーッ!!」「うわーっ!!」という叫びがあたりに響きます。たいまつを持った男たちが、逃げる人々を追いかけて、火の粉をまき散らします。お巡りさん！　これって傷害罪にならないんですか？　と助けを求めたくなりましたが、祭りの場では矮《わい》小《しょう》な法律なんて通用しません。

私はタオルをかぶって、その場でフリーズ。たいまつを持った人が何度も行き来するのを、縮こまってやりすごそうとしました。祭り用に特設された木の建物内にいたのですが、そこらじゅうに火の粉が落ちて木の床が一部燃えており、背中に火の粉がついて燃えかけている女性もいました。叫び、逃げ惑う人々で阿鼻叫喚《あびきょうかん》です。

「いや～っ!!」と怖がっている人もいれば、「わ～っ、すごいすごい!!」と興奮してどこか楽しそうな人もいます。地元の人でしょうか、大分県民、タフすぎです。恐怖と快楽は、ベクトルは違っても、共通するものがあるのかもしれません。

この興奮は、ここでしか味わえない

私はただただ怖くて、無病息災と引き換えに寿命が縮まりそうでした。こんなときは本性が出て、つい背の高い人の後ろに行って、盾《たて》にしようというずるい心が……。それでも容赦なくたいまつを持った人々が次から次へと襲ってきます。

祭りの中のほんの5分とか10分のことと思われる方もいらっしゃるかもしれませんん。私もそのくらいなら大丈夫ですが、この、たいまつに襲われる時間は30分くらい続きました。何度も何度もたいまつが頭上を通り、時にはたいまつの上部分に火がついたまま人々の中に投げ込まれたり……。

永遠に終わらないかと思われた地獄のような時間。でも、怯《おび》えてばかりの自分は素人でした。**鐘が鳴って終わりを告げられると、「あ〜楽しかった」「最高だね」という声があちこちから聞こえてきて耳を疑いました。**このすごい刺激が毎年あるのなら、遊園地やゲーセンなど不要です。人生のリアル試練も、こうやって、楽しむように乗り越えるのが良いのかもしれません。

ちなみに、神社の敷地でこれだけ怖い体験をしたので、帰りのタクシーで、「もう神様が信じられなくなりました」などと感想を言っていたら、タクシーの運転手さんに「そんなことは言わないでください……」と、説教されたのも今となっては良い思い出です。

本当に怖かったケベス祭りですが、ヤケドもなく、終わってからしばらく経つと、またあの阿鼻叫喚を体験したいと思えてくるのが不思議です。人間は、喜びも恐怖も含めいろいろなことを経験するためこの世に生まれてきたのです。

エピソード
18

トラウマ測定器で検出された10件ほどのトラウマ記念日。

「私は疲れているにもかかわらず、働かなければならない」

火、水、暗闇……この三つが私にとって根源的な恐怖かもしれません。いい年して暗がりが怖いというのも何なので、これまでにも克服しようとさまざまな体験をしてきました。

例えば、ホメオパシー[注1]で暗闇への恐怖が消えるというレメディ[注2]（たしかチョウセンアサガオ）を処方してもらったり。その後は夜、蛍光灯をつけたまま寝ていたのが、豆電球だけで寝られるようになりました。それから「暗闇ごはん」（光が入らないアイマスクで食事）、「ダイアログ・イン・ザ・ダーク」（完全な闇の中、視覚障害者の方にアテンドしてもらうワークショップ）なども体験しました。それぞれ料理だったり、人の声だったりで恐怖がまぎれて、徐々に暗闇が大丈夫な気になっていたのですが……。

先日、「漆黒能《しっこくのう》」という国立新美術館でのアートイベントに行きました。その名の通り、真っ暗闇で能を見る（体感する）催し。「漆黒能」はガチでした。だいたい演目が「井筒《いづつ》」という、帰らぬ夫を待ち続ける女の霊が出てくる話です。真っ暗闇でそんな演目を行なったら、霊的なものが集まってきそうです。

実際、完璧な闇の中、目を閉じたり開けたりしていたら、暗い中にもやもやとうごめく**ダークマター的な物質**や、白い光が見えました。数十分くらいの演目かなと思ったら1時間くらいだったようで、後半は心の中で叫びそうになりながら、途中退室（挙手で係員に知らせる）しそうになるのをなんとか耐えました。次このような機会があったときのために、暗視ゴーグルでも買おうかと思った次第です。

あなたのトラウマ、測定します

トラウマになりそうな暗闇体験でしたが、実は精神的には大丈夫だったことがデータ上で判明しました。たまに行ってディープなスピリチュアル情報を仕入れている神楽坂のヒカルランドのサロンに立ち寄ったら、「最近新しい機械が入ったので試してみませんか？」と声をかけられました。

それは「タイムウェーバー」という、ドイツ生まれの機械で、量子理論に基づき、その人が持つエネルギーや波動を分析できるというもの。波動測定器「メタトロン」は結構メジャーになりましたが、さらにパワーアップしたような機械です。体調やチャクラ（エネルギーのセンター）、さらには過去のトラウマがわかるというのです。価格は1000万円というのに小さく叫んでしまいましたが、分析しつつ症状を癒やしたりできるそうなので、期待が高まります（とりあえず信じて、良い効果を得ようというスタンス）。

生年月日を入力し顔写真を登録。白い四角いボックスに手を置きしばらくすると、まずチャクラの状態が検出されました。頭頂部の第7チャクラは活動数値が100パーセント、宇宙とつながっているそうですが、感情を司《つかさど》る第2チャクラは数値が57パーセントと低くて喜びを感じられない状態。たしかにその日は疲労して感情も乏しかったです。

「トラウマモード」では、トラウマになった日時まで出てくるそうです。例えばある人は、17歳の3月の某日が出てきて最初は思い当たらなかったそうですが、あとから、バスケ部の合宿に行けなくて大ショックだった日だと思い当たったそうです。

私の場合のトラウマ年表は、生まれる直前と1991年以降で、意外に子ども時代は出てこなかったです。知らないおじさんに手を引っ張られて誘拐されかけたり、歯医者で猿ぐつわをかまされたり、犬に追いかけられたり、プールで水に頭を押し付けられたり、クラスメイトに石を投げられたり、いろいろあったはずなのですが……。記憶にあるトラウマは、過去に受けたインナーチャイルド（内なる子ども）セラピー系で癒やしてきたので残っていないのかもしれません。

それぞれの日時をクリックすると、外国語で象徴的な言葉が出てきます。翻訳ソフトにかけて解読。例えば胎内にいたときのトラウマは「クロコウジカビ」とか「微生物」といった単語が。母が何かに感染したのでしょうか。直近は2018年の9月14日。ピエール・エルメのスイーツのイベントで、大雨の日でした。マカロンを食べまくりたいところ、ダイエット的に自粛《じしゅく》して2個しか食べなかった記憶が。**スイーツを食べたいのにがまんしたのが意外とトラウマになっていたのかもしれません。**

ちなみにトラウマの日時をクリックすると、先祖のカルマ、と出てくることもあるようです。後天的な恐怖は遺伝子に刻まれ、子孫に受け継がれていく、という研究結果を見たことがありますが、先祖代々の恐怖心が、ふと引き起こされてしまうこともあるのでしょう。暗闇への恐怖もその系統かもしれません。先祖と思いがシェアできるのはうれしい反面、もっとポジティブな記憶を受け継ぎたいです。

電車の床の写真を撮った日

トラウマ記念日は10件ほど検出され、そのうちのいくつかは、過去の日記を掘り起こすことで判明しました。例えば、２００４年10月7日のトラウマ。一部を抜粋いたします。

「今日、私は10年ぶりに歯医者に行って参りました。気を落ち着けるアロマを体に塗りたくってから出かけたのですが、10年ぶりの歯科医に対する恐怖はやわらぎませんでした。ワガママなセレブ客が多そうな地域の歯科医なら、丁寧にやってくれるに違いないと思い、六本木を選びました。といっても、六本木の歯科医は高額の審美系が多そうなので、ネットで検索して、オフィシャルホームページのデザインが微妙にダサいところを選びました。ダサければ真面目なところにちがいないというカンです。

10年ぶりで、しかも私は顎関節症《がくかんせつしょう》で、なかなか大きく口を開くことができず、最初の10分は吐きそうになって何度も診察を中断してしまいました。でも、辛抱強く慇懃《いんぎん》な先生は、丁寧に説明してくれました。痛いと思っていた歯はたいしたことがなく、実は別の大臼歯が深い虫歯だと判明しました。ホームページにはほとんど削らないと書いてあったのに、麻酔もかけずに結構削られて、うそつき！　と思いました」

10年ぶりの歯医者で麻酔なしで歯を削る……これはかなりのトラウマ度です。

２００９年6月19日のトラウマも結構ハードでした。その日の日記より。

「金曜日の朝、起き抜けに、久しぶりに無呼吸症になって息ができず、もう少しで死にそうになりましたが、その日は朝から打ち合わせ、打ち合わせ、取材、取材、トークショー、懇親会が入っていて、ここで死んだらかなりの人数の方に迷惑がかかってしまうと思い、渾身の力をこめてなんとか息をすることができ、蘇生。

酸素が足りず、ふらふらしながら道を歩いていたら車にぶつかりそうになり、２回目。そしてトークショーの懇親会で頭にランプが倒れてきて３回目……１日に３回も死にそうになりました。ちょっと前にネパールの占い師さんに心配だと言われたのはこのことだったのでしょうか……彼のアドバイスどおり早くエメラルドを買わなければ……」

タイムウェーバー、結構当たっているのかも、という気がしてきました。以前、寝ていて呼吸が止まる症状にときどき襲われていたので、それもトラウマとして刻まれていそうです。他のトラウマ日は、日記には残っていなかったのですが、その日撮っていた写真を見ると、電車の床だったり地面が映っていたりで、闇を感じました。

この機械には仕事やプライベートについて願いが叶うか聞くこともできます。おそるおそる「本が増刷されますか？」と聞いたら、**カルマの問題で難しい**、と出たうえ、散文的なメッセージの中に「生き残るためには適応しなければなりません」「私は疲れているにもかかわらず、働かなければならない」という言葉が。機械さん結構シビアです……。

直視しないようにしてきたことを指摘されたような。でも少々のことではトラウマにならないのがわかったので、気を取り直して強く生きていきたいです。

（注1）ドイツのハーネマン医師が提唱した同種療法で、自己治癒力に働きかける治療法のこと

（注2）ホメオパシーの考え方に基づいて処方される治療薬のこと

エピソード
19

加齢の切なさ。「ご縁」と打とうとしたのに「誤嚥《ごえん》」と変換されて。

「今はOS11です!」

もうすぐ平成が終わり、このままいくと昭和・平成・令和の三つの時代を生きることになります。最近同窓生と集まったときにその話題になり、「昭和49年生まれだから、50年以降生まれの後輩に、おばさんとか言われたけど、それどころじゃなくなるよね」という話でため息をつきました。その同窓生の集まりも、私は端っこに座っていたためときどき話が聞き取れず、「えっ今なんて言ったの?」とたびたび聞き返して話の腰を折ってしまいました。自分の耳の遠さにも加齢感を覚えました。

年明けにウェブで「アラサー女子が『私、老《ふ》けたわ…』と感じる瞬間」という記事を目にしました。「芸能人の名前が思い出せない」「『あれ』『あそこ』で会話が成立」

「年下男子に興味津々《しんしん》」「量より質」「健康を気にする」——。そういえば、そんな時代もあったかもしれません……。アラサーから10年以上経つと、「誰の名前を忘れたかもわからない」「『あれ！』『あそこ！』などと指示語を叫びながら指差しする」「年下男子や少年からエネルギーを吸収しようとする」「量より質より安全性」「お墓を意識する」という感じに進行してきました。

まず、人名や固有名詞は本当に覚えられません。ブーランジェリー・○○・ド・○○みたいなパン屋の名前は最初から脳が覚えることを放棄しています。指示語に関しては、デパートや街中などでよく見かけるのが、おばさんたちが「あそこあそこ！」などと叫びながら目的地を指を差して歩くシーン。その指が近くの人に刺さりそうになって危険です。

なんでおばさんは指を差すんだろう……と思ったら、自分も同じようなシチュエーションで、無意識的に指差しをしていてゾッとしました。その場で自分が先導したい、というエゴが強まった状態なのかもしれません。

「年下男子」はもはや恋愛対象でもなく、精気をわけてもらいたい、という衝動にかられることがあります。ジャニーズの舞台などを見に行くと少し若返る感じがします。「量より質より安全性」は、防寒が万全な格好とか、転びにくい靴とかを選びたくなります。「お墓を意識する」というのと、お寺に行くとやたら気持ちが安らぐ、というのも最近の傾向です。お寺で「納骨堂」という看板を目にして、「納骨されたい……」という憧れの思いがよぎったことがありました。

他にも加齢を感じたシーンはたくさんあります。ウェブを見ていて、ときどき広告記事で「どん底レベルのしわ・ほうれい線が……」「シミおばさんと呼ばれ本気を出した結果」といったネガティブ系パワーワードが目に入ってくると、思わずクリックしそうに。ただそれ以前に、サブリミナル的にこのような加齢ワードを目にすることで実際に影響されてしまいそうです。

ＩＴ関係では、変換に加齢を感じたこともありました。**「ご縁」と打とうとしたらなぜか「誤嚥」と変換されたときは切なくなりました。**たしかにときどき、飲食時にむせるのが気になっていました。お正月のお餅を食べたときなど緊張。

体調関係は免疫力が低下しているからか頻繁に風邪を引くようになりました。そして転倒……。段差でつまずいて転んで流血したり。神経痛が出るのでつま先がとがったヒールははけず、いつもフラットなバレエシューズをはいています。

今までダウンジャケットは、段状のシルエット感が老けて見えると敬遠していたのが、ついに寒さに負けて買ってしまい、もうウールのコートが着られなくなりました。

私が加齢を感じるとき

江戸時代には「人生50年」と言われていて、日本人の平均寿命が50歳を超えたのは1947年でした。乳幼児の死亡率が高かったこともありますが、縄文時代の平均寿命は31歳、室町時代は33歳、といった説を見ると、40代はもう充分生きたとさえ思えてきます。ただ、医療やアンチエイジングの技術が発展し、まだしばらく、老化を実感しながら生きていかないとなりません。

ちょっと先輩の、上の世代の女性に、加齢を感じることについて伺ってみました

SNSで老化を感じることもあります
友人との集まりで写真を撮影
その後LINEに送られてきた無防備な自分の姿にショック……
何この後ろ姿！
年齢感がやばい……
老け写真を送り合ってわだかまりが生まれることもあるので要注意です

（編集者Aさんのお友達のお話です、ありがとうございます）。

「鏡の前で腕を振り上げたら、二の腕がぷよぷよを通り越して、信じられないくらい垂れ下がっていた」。腕を勢いよく振り上げる、という動作ができるだけすごいと思います……。

「髪の生え際や分け目に思った以上に白髪を見つけたとき」。美術展の会場で、「後ろ、すごい白髪だよ！」と女性に女友達が指摘するシーンを目撃し、ゾッとしたことがあります。

「お化粧をしていない顔を鏡で見たとき」。拡大鏡だとさらにダメージが……。私はうすぼんやりとしか見ないようにしています。

「手元の小さい文字がどんなに顔を近づけても見えず、老眼だと気づいたとき」。化粧品の箱の成分表示が見えないので、もう成分なんてどうでもよくなってきて、さらに女子力が低下してしまった感が……。

「加齢性白内障と診断されたとき」「加齢性の難聴と診断されたとき」。病名に「加齢性」とつくと精神的にも重いです。

「下肢静脈瘤《かしじょうみゃくりゅう》を発見したとき」。年を取ると足腰にダメージが出ることが多い気がします。骨密度や血行など気を付けたいです。

「60代なのに出会った若者の恋愛対象かもとうぬぼれていたことに気づいたとき」。年齢不詳に見える60代の知人女性は、若いお医者さんに本気で恋をして、スピーディにガンを治していたので、良い効果もありそうです。

「朝は早く目が覚めるけれど、起きているとすぐ眠くなる」。朝早いのは健康的な気もしますが……。たしかに私も深夜番組とか見なくなってしまいました。

「自分が入社した年にはまだ生まれていなかった人が、同じ部署にたくさんいたとき」。それと関連しているかもしれないですが、アイドルのオーディションの審査員をしたとき、会場に行ったら「保護者の方ですか？」と聞かれたときは結構ショックで、心の中で叫びました。でも選ばれたアイドルの一人とやりとりしていたら、**「お母さんと同じ年で親近感があります」**と言われてさらに衝撃が……。若くして出産した親御さんなのだと自分に言い聞かせました。

不自然な若さには裏がある……？

自分もそうですが、年齢という数字にとらわれすぎると、加齢のカルマに絡めとられてしまう気がします。まず、年齢を忘れる。むしろＰＣやスマホのように人間も年齢ではなく、アップグレードしていったＯＳのバージョンで表せればいいのにと思います。精神的に鍛錬し経験値を重ねて「今はＯＳ11です」とか言って尊敬を集めるとか……。そんな未来を期待します。

周りには40代50代60代になっても美しく、異様な若さを保っている現役感満載の女性たちもいます。彼女たちを見ていて気付いたのは、**人からエネルギーを吸収する魔力を持っている**、ということ。取材でその手の美魔女のところに行くと、男性スタッフが急激に疲労したり、じんましんが出たり、体調不良になってしまうことが何度かありました。

男性に限らず女性がエネルギーを吸い取られることもあります。結構前、美魔女の取材のあとに鏡を見たら、自分の顔が灰色になっていて、憔悴《しょうすい》ぶりに驚いたことが。キャリア系美魔女のインタビュー後、カフェで数時間動けなくなったこともありました。

このようなことがたびたびあり、不自然なほど若いアンチエイジングな女性は要注意だと思うようになりました。いつまでも年を取らない、若さに執念を燃やす人の周りには、いけにえのような存在がいるのかもしれません。周りを犠牲にしてまで若さを保ちたくない気もします。普通に老けていく人は、きっとやさしい女性なのだと思います。

エピソード 20

時代は「平成」から「令和」へ変わりました。

「平成やり残したリスト！」

新元号が発表される日、妙な緊張感を持ってテレビの前に座りました。発表は予定時刻より少し押して、テレビの中継画面には皇居に新元号を知らせに走る車が映し出されていました。発表会場にいる記者の人々の髪が黒くて、若い世代であることが伝わってきます。歴史的な会見なので年長者が取材するのかと思いきや、即パソコンで記事を書いて送信できる若手の戦力が重視されたのでしょう。そんなところにも時代の移り変わりを感じます。

新しい時代が充実するようにと願いを込めて、新元号発表の瞬間に視界に入るのは神様や聖者のイメージが良いかと思い、シヴァ神の絵とヒマラヤ聖者の写真を手に持って臨《のぞ》みました。そして官房長官によって厳《おごそ》かに発表された「令和」の二文字。やはり最初は見慣れぬ単語に一抹の違和感を覚えました。令は命令の令？「和を保て」と政府に命じられている気がして警戒心が……。万葉集の「梅」にちなんでいる箇所が出典で、安倍総理の「春の訪れを告げる梅の花のように」という言葉を聞いたときは、**平成は冬の時代だったのか**と突っ込みたくなりました。

でも、「令和」の典拠の舞台となった太宰府が盛り上がるのはうれしいです（受験でお世話になった神社です）。

後出しですが、新元号発表の前の週、夢うつつの中で「神社（そのときは名前が不明）でもうすぐイベントがある」というメッセージと、菅原道真という名前が出てきたような……。また、予言を研究している知人によると、「令和の『令』は神からの御神託の意味もある」そうです。政府やお上からの指令ではなく、もっと高次元からのご神託を意識していきたいです。

「令和」が発表になった日の夕方、秋葉原を歩いていたら、ふと「令和」という文字入りTシャツがショーウィンドーに飾られているのを発見。近寄ったら、なんと、令

和グッズのショップがもうできていました！　秋葉原の底力に戦慄《せんりつ》。
マグカップやスマホケースなど令和の文字入りグッズが並ぶ中、私は令和キーホルダーを購入。時代に乗れた感に浸りました。
最初は違和感があった年号ですが、他の候補が判明すると、この中では令和が一番いいかな、と思えてきました。とくにきわどかったのは「万保」です。「ばんぽう」なんて言いにくくて、きっと皆「まんぽ」と呼んで、思春期の男子が顔を赤らめそうです。「令和」が一番クールでしたが、語感が冷気を呼んだのか、そのあと日本は４月にしては異様な寒さに包まれました。温暖化とヒートアイランドの熱気が、令和の時代はクールダウンすることを期待しています。

平成に置いてきたものたち

新しい時代を迎える前に、平成にやり残したことは何なのか、自分に問いかけてみました。というか平成の間に達成できたことの方が少なくて、ほとんど何もできなかった気がします。

３月に、10年ほど前にお世話になったラジオ番組の同窓会的な集まりがあり、近況報告タイムがあったのですが、「とくに何も変化がないので言うことがありません」という50代の美人ＤＪの言葉に「私もです」と同意してしまいました。

ただそのＤＪの方は、いい意味で外見的な変化もなく、アンチエイジングだったのが羨《うらや》ましかったです。私も、そんなに変わってないと言われましたが、それは内面が成熟していないからかもしれません。「平成やり残したリスト」を、心の叫びとともに書き連ねてみます。

①料理

平成前期は、実家で週2回ほど料理当番があって、家族のために夕食を作っていました。実家を出てからは料理から遠ざかってしまい、惣菜を購入する日々。忙しいと自分一人のために料理を作れません。

ただ、出来合いの惣菜ばかり食べていたら健康に影響が……。アーユルヴェーダの診療所に行ったときに食生活を聞かれたので答えたら、惣菜の油は時間が経つことで消化しにくくなって、血の巡りが悪くなってしまうとの指摘。何回も「血が濁っている」と連発されました。

料理しない→消化に悪い惣菜で血が濁る→料理する気力がますますなくなる、という悪循環にハマっています。せめて胃の負担を軽くするため、噛む回数を多くすることで改善を試みたいです。

②英語の習得

平成の30年間、さまざまな英語学習をしてきたのになぜ話せないのでしょう。ちょっと前に集中して勉強して、TOEICの点数は少し上がったのですが、机上の問題と、実践英語は違います。

先日、オーストラリア人の知人に、成田からJALの直行便があると伝えたかったのですが、私の口から出たのは「JAL! JAL! ストレート!」という言葉でした……。「世界の果てまでイッテQ!」の出川氏の英語を笑えません。

最近メルボルンに行ったときの英会話もヤバかったです。「コアラはピースフルな動物ですか?」などと簡単な質問を2、3回繰り返しても発音が悪くて通じず、コーディネーターさんに言い直してもらう体たらく。自信がなくなり、ますますしゃべれなくなっていきます。

でも先日、当たると評判のインド占星術家に見てもらって、英語力について相談したところ**「語学が得意じゃないと星の配置にも出ています」**と言われてしまいました。ホロスコープ上の水星の位置や角度が良くないそうです。水星が良い位置にある人は何カ国語も話せたりするとか。星の定めなら受け入れます……。

③幸せな家庭

そのインド占星術で「ご家庭運も良くないですね」と鑑定されました。一心不乱に働き続けて、気付いたらときが経ってしまっていました。子育てをしている友人とだんだん疎遠になってしまうのが淋しいです。こちらとしては、出産・子育てしている女性を心からリスペクトしています。お互い認め合えるようになれればと思います。

ところで、令和に結婚予定の知人から「昭和生まれの人が平成の間に結婚しないで平成をとび超えることを『平成ジャンプ』と言うそうですよ」と教えてもらいました。この言葉がテレビで紹介された際に、結婚＝幸福というステレオタイプで考えているとか、未婚の人を蔑視しているとか批判が起こり、炎上しかけたそうです。

価値観や環境が違う人同士、ギスギスしない世の中になることを祈ります。

④和の文化をたしなむ

大人になると、茶道や華道、和服など、和の文化を何かしらたしなんでいないといけない気になってきます。他誌で「白洲なめ子を目指す」という連載をやっていたのですが、和の文化の入り口に立ったくらいで雑誌が休刊となってしまいました……。能の舞台のチラシを集めては行かないままたまっていきます。抹茶を点《た》てる道具を買ったのですが、全く泡立たなくてあきらめそうな予感です。

ただ、サイキック系の知人に、過去生は尼僧でさんざん和の文化をたしなんだので、今は現代的なものが合っている、と言われました。和の文化に惹かれつつもなかなか定着しないのは前世でやり切ったから、ということにしておきます。

⑤ダンス

スピリチュアル頼みの私ですが、占い師にダンスを薦《すす》められることが何度かありました。健康のためにも体を動かした方が良いのはわかっています。過去に、ポールダンス教室と、少女時代の曲に合わせて踊る教室に習いに行ったことがありますが、あまりのアウェイ感で1回限りとなってしまいました……。平成のうちに自分に向いているダンスを見つけたかったです。

以上、やり残したことだらけですが、年を重ねるうち、だんだん大きな望みや幸せを求める心が薄らいできたようです。とりあえず瞬間瞬間、自分らしく生きられれば良いかと思っています。そして、誰かの役に立つことで、承認欲求を満たしていきたいです。

令和の「令」は、「神様のお告げ」という意味があるらしいので、受信できるよう、令和力を高めてまいります。

あとがき

個人的な心の叫びを綴ってきた本著。今、心から叫びたいことといえば、本を読んでくださった方への「ありがとうございます！」というお礼の叫びです。

執筆中、平成から令和に移り変わるという大きな変化の波がありました。心の小さな叫びは、時代の波にかき消されそうに思えて、消えずにさざ波のように存在しています。

本に収録されたのは、時間がないときの叫び、インフルエンザをうつされたときの叫び、乱気流のときの恐怖の叫び、パンダや少年合唱団への萌えの叫び、火祭りの阿鼻叫喚など、さまざまなシチュエーションでの叫びです。

しかし、それ以降も心の叫びは発動していて、書ききれないほどです。読者の方に共感していただける叫びがありましたらうれしいです。

心の叫びにとどまらず、実際に叫ぶことで、ストレスや封じ込めていたエネルギーを開放することができます。叫びには良い面もあるいっぽうで、大声を出せない身にとっては叫びハラスメントを感じるシチュエーションもあります。

例えばエンターテイメント施設で、「みんなで一緒に叫びましょう！」と呼びかけられ、叫びたくなくても同調圧力で叫ばざるを得ないとき。大声を出すことが得点につながるゲームなど。そんなとき、なんとか叫ぼうとするのですが、かすれきった声にならない声しか出ません。

叫べる人、叫べない人は早い段階で分岐するように思います。多分、過去の記憶を呼び起こしたところ、中高生のときの遊園地が分かれ道だった気がします。あのとき、回転するジェットコースターで怖くても叫べず、目をつぶって外の景色を見ずにじっと耐えていた自分。フライングカーペットで周りの女子が「キャー！」と悲鳴をあげる中で、無言で吐き気をこらえていたこともありました。あのとき思い切り叫べば、恐怖や混乱を開放できたかもしれません。そして随時叫びで発散できるキャラになっていたことでしょう。

叫べないまま大人になった私は、心の中に積年の叫びや思いを蓄積させていきました。ときどき心身が重くなったりしますが、その心の叫びを仕事という形で昇華したりもできます。叫びのエネルギーは原動力にもなるのです。

そんな叫びの数々を受け止めていただき、本当にありがとうございました。

「ＰＨＰスペシャル」で担当くださった奥山さま、書籍ご担当の阿達さま、西村さまにも感謝の叫びでいっぱいです。

それでは良い叫びを……。

辛酸 なめ子

令和元年八月

装丁：小口翔平＋喜來詩織（tobufune）
装画：辛酸なめ子

〈著者略歴〉
辛酸なめ子（しんさん・なめこ）
1974年東京都生まれ、埼玉県育ち。漫画家、コラムニスト。女子学院中学校・高等学校を経て、武蔵野美術大学短期大学部デザイン科グラフィックデザイン専攻卒業。人間関係、恋愛からアイドル観察、皇室、スピリチュアルまで幅広く執筆。
著書に『女子校育ち』（ちくまプリマー新書）、『辛酸なめ子の現代社会学』（幻冬舎文庫）、『大人のコミュニケーション術』（光文社新書）、『霊道紀行』（角川文庫）、『魂活道場』（学研プラス）、『ヌルラン』（太田出版）などがある。

タピオカミルクティーで死にかけた土曜日の午後
40代女子 叫んでもいいですか

2019年９月10日　第１版第１刷発行

著　者　辛酸なめ子
発行者　後藤淳一
発行所　株式会社ＰＨＰ研究所
東京本部 〒135-8137 江東区豊洲5-6-52
第四制作部人生教養課 ☎03-3520-9614（編集）
普及部 ☎03-3520-9630（販売）
京都本部 〒601-8411 京都市南区西九条北ノ内町11
PHP INTERFACE https://www.php.co.jp/
組　版　株式会社PHPエディターズ・グループ
印刷所　大日本印刷株式会社
製本所　東京美術紙工協業組合

ISBN978-4-569-84367-4